Fora de mim

Livros da autora pela **L&PM** EDITORES:

Topless (1997) – Crônicas
Poesia reunida (1998) – Poesia
Trem-bala (1999) – Crônicas
Non-stop (2000) – Crônicas
Cartas extraviadas e outros poemas (2000) – Poesia
Montanha-russa (2003) – Crônicas
Coisas da vida (2005) – Crônicas
Doidas e santas (2008) – Crônicas
Feliz por nada (2011) – Crônicas
Noite em claro (2012) – Novela
Um lugar na janela (2012) – Crônicas de viagem
A graça da coisa (2013) – Crônicas
Martha Medeiros: 3 em 1 (2013) – Crônicas
Felicidade crônica (2014) – Crônicas
Liberdade crônica (2014) – Crônicas
Paixão crônica (2014) – Crônicas
Simples assim (2015) – Crônicas
Um lugar na janela 2 (2016) – Crônicas de viagem
Quem diria que viver ia dar nisso (2018) – Crônicas
Divã (2018)   Romance
Tudo que eu queria te dizer (2018) – Contos
Selma e Sinatra (2018) – Romance
Fora de mim (2018) – Romance

Martha Medeiros

Fora de mim

www.lpm.com.br

Coleção **L&PM** POCKET, vol. 1289

Texto de acordo com a nova ortografia.

Este livro foi publicado, em primeira edição, pela Editora Objetiva, em 2010.
Primeira edição na Coleção **L&PM** POCKET: agosto de 2018

Capa: André Serante
Preparação: Mariana Donner da Costa
Revisão: L&PM Editores

CIP-Brasil. Catalogação na Fonte
Sindicato Nacional dos Editores de Livros, RJ

M44f

Medeiros, Martha, 1961-
    Fora de mim / Martha Medeiros. – 1. ed. – Porto Alegre [RS]: L&PM, 2018.
        144 p. ; 18 cm.   (Coleção L&PM POCKET, v. 1289)

    ISBN 978-85-254-3782-2

    1. Ficção brasileira. I. Título. II. Série.

18-50856   CDD: 869.3
                            CDU: 82-3(81)

Meri Gleice Rodrigues de Souza - Bibliotecária CRB-7/6439

© Martha Medeiros, 2018

Todos os direitos desta edição reservados a L&PM Editores
Rua Comendador Coruja, 314, loja 9 – Floresta – 90.220-180
Porto Alegre – RS – Brasil / Fone: 51.3225.5777

PEDIDOS & DEPTO. COMERCIAL: vendas@lpm.com.br
FALE CONOSCO: info@lpm.com.br
www.lpm.com.br

Impresso no Brasil
Inverno de 2018

Obrigada, Mario.

Nunca sofri um acidente de avião, mas já ouvi relatos de sobreviventes. Eles percebem a perda de altitude, a potência enfraquecida das turbinas, o desastre iminente, até que acontece a parada definitiva da aeronave e ouve-se um barulho fora do normal, algo verdadeiramente assustador.

Então, após o estrondo, sobe do chão um silêncio absoluto. Por alguns segundos, ninguém fala, ninguém se move. Todos em choque. Não se sabe o que aconteceu, mas sabe-se que é grave. Alguma coisa que existia não existe mais.

É a quietude amortizante de quem não respira, não pensa, não sente nada ainda.

Só então, depois desse vácuo de existência, desse breve período em que ninguém tem certeza se está vivo ou morto, começam a surgir os primeiros movimentos, os primeiros gemidos, uma sinfonia de lamentos que dará início ao que está por vir: o depois.

1

Eu sabia que terminaríamos, eu sabia que era uma viagem sem destino, sabia desde o início e não sabia, não sabia que doeria tanto, que era tanto, que era muito mais do que se pode saber, ninguém pode saber um amor, entender um amor, tanto que terminou sem muito discurso, foi uma noite em que você quase pediu, me deixe. Ora, pra que me enganar: você *realmente* pediu, sem pronunciar palavra, você vinha pedindo, me deixe, olhe o jeito que te trato, repare em como não te quero mais, me deixe, e eu, de repente, naquela noite que poderia ter sido amena, me vi desistindo de um jantar e de nós dois em menos de dez minutos, a decisão mais rápida da minha vida, e a mais longa, começou a ser amadurecida desde o dia em que falei com você pela primeira vez, desde uma tarde em que ainda nem tínhamos iniciado nada e eu já amadurecia o fim, e assim foi durante os dois anos em que estivemos tão juntos e tão separados, eu em constante estado de paixão e luto, me preparando para o amor e a dor ao mesmo tempo, achando que isso era maturidade. Que idiota eu sou, o que é que amadureci? Nada, nem a mim mesma, jamais deixei de ter dez anos, nem quando tive trinta, nem quando fiz quarenta. Nunca tive idade, ela de nada me serviu, ser lúcida sempre foi apenas uma maneira de parecer elegante, uma estratégia para a convivência. Você lembra como eu chorei aquela noite, lembra do fim, você não pode ter esquecido aquela cena, entramos em casa sem acender as luzes, você olhando para fora da janela enquanto eu derramava toda a minha frustração e meu desespero, como se a culpa fosse minha e não sua, ou fosse sua e não minha, como se existisse culpa para o término de um relacionamento que simplesmente não tinha mais combustível, nem mais estrada. Faz quanto tempo desde aquela cena? Eu consigo enxergá-la por vários ângulos, vejo você de costas pra mim, parecia um soldado, tão ereto, em vigília de si mesmo, querendo saltar do terceiro andar, sair sem precisar passar pela porta, sem passar pelo adeus, e eu, curvada, amparada em algum móvel, demolida, e então, na cena seguinte, nós de frente um para o outro, mas com as cabeças abaixadas, você não queria ver meu rosto, e eu estava espantada com o seu, tão sereno, aliviado, quanto tempo faz, quinze minutos, vinte minutos desde que você saiu aqui de casa? Eu ainda estava quieta agora há pouco, eu ainda estava sem pensar e sem sentir, de repente me deu uma calma, nenhuma desgraça aconteceu, você desceu pelas escadas, eu fechei a porta do apartamento e não chorei mais, eu vi pela janela o seu carro saindo da garagem e não chorei, eu fui para o banheiro escovar os dentes, acho que escovei os dentes, não lembro, e botei uma camisola e fui pra cama e não chorei, não pensei, não senti, não chorei, entendi, não entendi, não pensei, não sei, acho que dormi.

*

Você não ligaria no dia seguinte, era domingo, fui até a cozinha lavar a louça, mas não havia louça para lavar, o combinado era jantarmos fora na noite anterior, não jantamos, ninguém se alimentou, quanto tempo faz desde aquela noite, parece um século, foi ontem. Decidi seguir a rotina: o que eu fazia aos domingos de manhã? Eu caminhava, eu ia ao parque, então caminharei, mas falta você, coloquei o tênis, saí a pé de casa, falta você e não falta, o estrondo está diminuindo, o barulho cessou, será que eu já percebo o acidente? Dou uma volta no parque, duas voltas, três voltas, você não virá aqui me ver? Volto. Telefono pra minha mãe, não telefono pra você, conto pra ela que acabamos, meu relato é muito coerente, ela lamenta mais ou menos, já ouviu eu contar essa história antes, somos reincidentes em finais, mas agora é pra valer, quem me acredita? Eu não me acredito, mas agora não te quero mesmo, e eu já ouvi isso antes, de você, de mim, agora não tem mais volta – dei tantas voltas no parque, é tão ridículo caminhar pra lugar nenhum, para quem vou ficar magra e saudável? E voltei a dizer: não, mãe, acabou de verdade, e pela primeira vez reparei em minha voz tremida, pela primeira vez naquele domingo eu fraquejei, as palavras saíram entrecortadas, eu catava as sílabas que me fugiam, e ela do outro lado da linha fingia que não doía nela também.

Liguei o computador, escrevi, que é como organizo meu pensamento, escrevi e parecia que eu estava ditando a mim mesma um texto requentado, agora acabou, agora é comigo, sei que vou conseguir, tenho meus motivos, e me dei várias explicações, tentei me convencer, eu estava tão racional, tão genial, eu quase consegui, e não almocei, zanzei pela casa, tomei um banho, troquei de roupa, tirei suas fotos dos porta-retratos e desabei pela segunda vez, a primeira sem que você testemunhasse.

Guardei na gaveta aquela fotografia em que você estava de boné, parecia um garoto, me agarrando pela cintura. Guardei todas. Aquela outra, nós dois, eu de novo enlaçada por você. E uma de você sozinho, um flagrante, você não percebeu, bati a foto enquanto você lia o jornal, tão lindo, você era tão lindo, você ainda é o mesmo homem depois de ontem, o mesmo homem sem mim? Eu me olho no espelho e não me enxergo, não sou mais a mesma, perdi a identidade. Tirar suas fotos de vista me pareceu uma providência curativa, agora você não o verá mais, querida, vai esquecê-lo mais rápido, como somos inocentes. E eu lá quero esquecê-lo? Sua presença ainda está tão quente dentro desse apartamento, o colchão ainda está meio afundado do lado em que você dormia.

*

Não sei se as pessoas choram de forma diferente umas das outras, eu choro contraída, como se alguém estivesse perfurando minha alma com uma lâmina enferrujada, choro como quem implora, pare, não posso mais suportar, mas o insuportável é uma medida que nunca tem limite, eu chorei no domingo, na segunda, na terça, em várias partes do dia e da noite, um choro de quem pede clemência, de quem está sendo confrontado com a morte, eu estava abandonando uma vida que não teria mais, eu sofria minha própria despedida, morte e parto, eu tinha que renascer e não queria, não quero, sinto que caí num vácuo, perdi a parte boa da minha história, e não quero outra, enquanto choro penso que se alguém me visse chorar dessa maneira me salvaria, prestaria socorro, chamaria uma ambulância, eu nunca vi você chorar, você alguma vez chorou por mim, você sofre a minha ausência, sente minha falta? Estar sozinha nessa aflição me condói de mim mesma, é o labirinto do inferno, não há saída, não há saída, você não está me esperando lá fora, nem hoje, nem amanhã, você não vai fazer nenhum gesto para me resgatar, e se fizesse, eu não estenderia minha mão, e é isso que me faz descrer de tudo, eu sei que acabou, eu estava infeliz ao seu lado, eu estou infeliz sem você, mentira, eu era feliz ao seu lado, e nem sei se a palavra é essa, feliz. Felicidade é um resumo fácil, uma preguiça de investigar o muito mais que nos ergue diariamente, na época era o que me bastava, eu sabia onde estava e com quem, eu não estou infeliz, eu só estou perdida e não consigo mandar nenhum S.O.S., ninguém sabe onde estou, largaram meu corpo em cima dessa cama e ninguém me procura.

Choro, choro muito, choro agora feito uma guitarra dedilhada por um bêbado, sinto uma piedade inconsolável de mim, de tanto que recordo o quanto te quis e o quanto te admirei por amares a mim, era paixão inveterada, paixão de doer, paixão de não dar certo mesmo, paixão de perder o tino, e perdi por completo, hoje tento compreender duas ou três frases e nem isso me cabe, ficou tudo sem lógica, eu que prezo tanto a lógica, não entendo mais nada, mergulhei no escuro da minha perplexidade, você era meu até bem pouco tempo, mas vou sair dessa, veja, já estou enxugando as lágrimas, procurando meu celular para fazer uma ligação qualquer, esses compromissos que a gente inventa para fingir que a vida continua. Marquei hora no cabeleireiro sem ter motivo algum pra ficar bonita.

*

Não consigo mais ser uma pessoa comum, dessas que conseguem ver uma novela sem se afligir e que dirigem prestando atenção apenas nos sinais de trânsito, agora eu só assisto à tevê com o controle remoto na mão para que eu possa trocar de canal a qualquer indício de que virá cena de beijo, não consigo ver um homem e uma mulher se amando, é como se fosse uma agressão pessoal, vamos massacrar essa coitada, vamos fazê-la lembrar, mas não, eu não fico lembrando de nós dois, é muito mais torturante que isso, eu fico imaginando você com outra mulher, você beijando outra mulher, e isso me dá uma náusea que quase me faz desmaiar, fico em posição fetal, eu penso que vou ficar louca, como se já não estivesse, eu não posso ver uma foto de mulher bonita que já imagino o quanto você vai se interessar por ela, e vai desejá-la, eu passei a ter ódio de todas as mulheres que cruzam seu caminho, meu caminho. E no trânsito, eu só tenho olhos para as placas dos carros que são da mesma cor e marca que o seu, e quando um se aproxima eu rogo a Deus para que não seja você, e ao mesmo tempo quero que seja, e às vezes consigo não olhar, me sinto tão valente, consigo por minutos olhar só em frente, não reparo em nenhum veículo à minha volta, é como se estivesse sozinha na avenida, e é nessas horas que corro o risco de bater, eu acelero sem perceber e depois freio muito em cima dos outros carros, eu saio da minha pista sem sinalizar, eu esqueço pra onde estou indo, eu vejo você caminhando pelas calçadas e não é você, de repente todos os homens do mundo ficaram idênticos a você, e eu ainda não me envolvi num acidente por um triz, ou talvez já esteja mais do que acidentada para ainda ter que enfrentar essa dor na carne, de verdade, sem ser apenas uma metáfora. Evito olhar os casais de namorados nas paradas de ônibus, e tem um painel publicitário em que um homem olha para uma loira com um desejo tão escancarado que me retorço e choro só de imaginar você olhando assim para outra mulher, e eu sei que você está, ninguém precisa me contar, eu sei como é que você se cura, se trata, você não chora nem lamenta, você volta pra rua, você vai atrás de todas as mulheres nuas feito um vira-lata, você está olhando nesse instante para outra mulher, está entrando nela, dizendo a ela como ela é gostosa, você está me matando dentro de você, e eu morro a quilômetros de distância, a sós comigo mesma, você transa com outra e me mata, você goza e me mata mais um pouco, você dorme e me deixa insone pra sempre, eu sei que não vai ser pra sempre, mas eu não enxergo o dia de amanhã, hoje eu só estou acordada pro eterno desse pesadelo, você era meu, droga, exclusivamente meu até dias atrás, meu como esse sofrimento.

*

É a parte quase engraçada da história, eu acordo de manhã depois de ter dormido apenas três horas, tomo banho, coloco uma roupa e vou até o supermercado que fica a meio quarteirão aqui de casa, e então pego um carrinho, dou bom dia pro segurança, escolho as marcas de minha preferência, peso as verduras, pago a conta e saio de lá sem ninguém desconfiar de que sou um fantasma, de que sou uma fraude, de que não sou eu que estou ali, estou apenas levando meu zumbi pra passear, pegar um ar e cumprir certas obrigações domésticas, já que algumas pessoas aqui em casa ainda precisam se alimentar, enquanto eu as assisto comer, abismada com a fome do mundo. Uma sorte eu ser dessa época, o século dos individualistas, ninguém mais se atém ao rosto dos outros, quem saberia dizer a cor dos olhos do seu melhor amigo? Um exército numeroso de invisíveis, e eu me valho dessa invisibilidade para sair de casa como se eu fosse uma mulher em total domínio dos meus atos e sentimentos, uma criatura confiável que não vai estacionar na vaga para os paraplégicos nem esquecer de trancar a porta do carro e que vai até sorrir de volta para a conhecida que lhe deu um cumprimento quando se cruzaram no corredor dos enlatados. Tudo bem?, ela me pergunta. Tudo bem. Hoje está um dia assombrosamente calmo e eu quase lembrei de como era a vida quando eu estava viva.

*

No segundo dia eu sumi com sua escova de dente, que ficava ao lado da minha, as duas grudadas de forma indecente, como nunca mais ficaremos, tirei a sua de perto, mas não tive coragem de jogá-la fora, abandonei-a numa gaveta na esperança de que você viesse um dia e não veio. Hoje a peguei entre as mãos e cheirei as cerdas em busca de um resto de saliva sua, do odor da sua boca, e me senti estúpida e digna de pena, joguei na lixeira sua escova e fiquei me sentindo um pouquinho pior, porque nada me serve, nenhum ato que pareça maduro é maduro de fato, mas o que me resta? Tenho que faxinar você da minha vida, não posso permitir o atrevimento de você estar aqui sem estar aqui. Não ouço mais música, todos os discos foram escutados em sua presença, nas nossas noites e também ao acordar, a casa sempre sonorizada, você não gostava de silêncios, nunca estive com você sem que houvesse música e isso agora me intriga: por que o silêncio te incomodava tanto? Nas nossas viagens, música, música, muita música, e quando a estrada era longa às vezes eu cansava do barulho, diminuía o volume ou desligava o som e você reagia, e eu sigo desligando, interrompendo as músicas que ouvíamos na sala, no carro, pois cada verso, cada letra, é de mim que falam, da sua ausência, da minha dor, do seu novo amor. Quem é ela, tão mais linda e jovem que eu, tão mais nova em sua vida, tão feliz com a sua chegada, tão cheirosa pra você, como você consegue dizer pra ela o que me dizia semana passada, você já disse que a ama? Você levou quatro meses para me dizer e nunca mais parou, você era perdulário com as palavras, não havia um único dia em que eu não escutasse de você o quanto me amava, dizia no meu ouvido ou através de bilhetes, te amo, te amo, como é que você fez para incinerar todo esse amor em tão pouco tempo, onde o escondeu, em algum guarda-volumes de rodoviária, enterrou em algum matagal, como é que seu amor foi desaparecer sem deixar pista, rastro, feito um crime perfeito? A primeira vez que eu disse que te amava foi depois de uma transa, uma das nossas primeiras, e eu me surpreendi com o que havia dito, porque ao contrário de você, sou econômica nas declarações, mas as palavras saíram de mim como num gozo, sem controle, eu mal te conhecia e de dentro de mim saiu aquele te amo com uma voz que era a minha, porém num tom mais leve e de uma sinceridade que me comoveu, te amo, e também nunca mais parei, e nunca vou parar, te amo e quero te matar, queria que você evaporasse, onde é que eu te incinero, te escondo, te enterro, me conta onde fica esse esconderijo secreto, o mesmo onde você sumiu com todos os eu te amo que me disse.

*

Recebo um aviso da minha operadora de telefonia de que há um celular novo e grátis à minha espera, como se fosse Natal, venha buscar seu presente, e eu corro para o shopping porque finalmente tenho um compromisso inadiável e esse é o verdadeiro prêmio, agora tenho algo pra me ajudar a esquecer de você por três segundos, tenho que buscar um novo celular, que acontecimento, que espetáculo, um aparelhinho com a caixa de mensagens vazia, sem um único torpedo seu: merda, já estou pensando em você de novo. Uma caixa de mensagens vazia, que excelente método de tortura. O que faço com o aparelho antigo, aquele lotado de torpedos que nunca apaguei, em que você dizia que nunca havia amado ninguém como amava a mim, e nossas brincadeiras, e os "bom dia, linda" e os "boa noite, amor" e todos os nossos segredos. Faço o quê com o aparelho antigo, com o aparelho que registrou todos os nossos telefonemas intermináveis, dou o mesmo fim que dei à sua escova de dente?

Não sei se devo registrar seu número no meu novo celular, se coloco na agenda seu nome, não sei se alguma vez ele vai tocar com você chamando no outro lado da linha, acho que nunca mais e isso me apavora, o "nunca mais" que me persegue desde o momento em que acordo e que me dá medo e me faz voltar a ser criança, medo de nunca mais viver o que vivi, sentir o que senti, medo de não conseguir aguentar viver sem você e o medo maior de todos, que é o de enlouquecer, porque o que me resta de sanidade me avisa: estou pirando, eu sei. Esse final de amor me roubou o juízo, eu era uma mulher de classe, uma mulher consciente, eu não perdia o chão desse jeito, eu já sofri outras vezes, mas sofria com mais discernimento, sem essa vertigem que faz parecer que a queda não tem fim e que não vou acordar tão cedo.

Saí da loja no shopping, entrei no meu carro, sentei e fiquei ali parada no estacionamento com o novo celular na mão, pensando: vou adicioná-lo na agenda, e com as lágrimas já escorrendo fui teclando letra por letra de um nome que estava sendo digitado apenas para me iludir um pouco mais, quem sabe um dia seremos amigos, você me liga no meu aniversário, e eu atenderei sem nenhum sobressalto, achando tudo muito natural, vai ver eu até já terei outro namorado, e você será uma lembrança afetiva do meu passado, será que essas civilidades acontecem mesmo ou a gente nunca esquece, nunca, nunca, nunca esquece um amor vivido de forma tão audaz? Você me laçou, me prendeu, fui com você arrastada pelo seu ímpeto, pela surpresa em me ver de um dia para o outro sua, você que era apenas uma fantasia, um fetiche, era pra ser apenas um "se" na minha vida, se ele existisse, se me desejasse, se surgisse, e você surgiu e instalou o céu e o inferno no mesmo playground.

A primeira pessoa que telefonou para meu novo celular não foi você, e a segunda também não.

*

Estou com o corpo que sempre sonhei. Minha barriga sumiu como que por milagre, meus ombros são dois ossos pontiagudos, as minhas calças sobram na cintura, tivesse vinte anos menos ainda poderia arriscar uma carreira de modelo anoréxica, mas só o que me resta agora é trocar as peças do guarda-roupa. A dieta da dor de cotovelo funcionou melhor do que um photoshop, perdi três quilos, eu que achava que não havia mais nada a perder. É o momento de percorrer as lojas da cidade, dizem que é uma eficaz compensação, mas não quero deixar de usar as roupas que usava, não quero vestir cores que não sei se você iria gostar, não quero virar a página, enxergar no espelho uma mulher que você nunca irá ver, ficar bonita como nunca fiquei pra você, porque a dor é a última ligação que mantenho com nossa história, ninguém pode me obrigar a seguir adiante, eu quero ficar onde estou, mesmo sem você, mas, de uma forma estranha, ainda com você, esse você que hoje já não é mais aquele que viajou por tantas estradas ao meu lado, que me levou a uma espécie de transe de tanta alegria, eu não racionalizava mais, a Miss Cerebral ofertou dois anos sabáticos para seus neurônios, não havia o que pensar, apenas exigência de viver, eu nunca tinha me permitido isso, estar totalmente entregue a um corpo, a um homem, a um arrebatamento que visto de fora ninguém daria crédito – ou será que alguém percebia? Eu me entreguei a você porque não pensei. Se pensasse, não faria. Eu estava tão cansada de mim quando você surgiu, meu único sonho de consumo era um leito de hospital e sedativos, eu nem suspeitava que o remédio era simplesmente me permitir ser conduzida, e fui, você passeou comigo pelos cenários mais idílicos e mais lamacentos, sem me dar tempo de perceber onde meus pés pisavam, você me pariu de novo e agora não aceito devolução, não me quero de volta, não aquela, não a pré-você, a ex-você, não nasci para ser sua ex, para ser seu passado. Como é que você não sente do jeito que eu sinto, como é que pode ter se entorpecido por outra mulher tão rapidamente a ponto de ignorar meu desespero? Quem é você, um crápula ou um homem decente? Nenhuma mulher apaixonada aceita essa esnobação sem planejar assassinatos múltiplos, você corre o risco porque sabe que sou ponderada, ponderação é uma farsa que sustento bem. Não vou matar você e não posso matar a mim, não tenho essa valentia, essa garra, essa vileza, não vou dar o gostinho aos meus parentes de me verem nas primeiras páginas dos jornais, e muito menos vou dar esse gosto aos seus, que sempre desconfiaram da minha exagerada lucidez, que mulher é essa tão nutrida de si mesma?

*

Parece um nódulo, tem consistência de nódulo, e ficou roxo menos de cinco minutos depois do tombo, um tombo ridículo, aceitável apenas para crianças, eu corri como uma menina desajeitada e caí de joelhos feito uma santa, mas não foi por fé, e sim por aflição, meu celular começou a tocar no mesmo horário que você costumava ligar, eu na sala, o aparelho no quarto, e um tapete no corredor interrompeu minha disparada e me fez desabar. Ainda bem que estava sozinha em casa, ninguém para testemunhar o vexame dessa minha esperança vã, sonhar que poderia ser você com saudade, imaginar você do outro lado da linha dizendo que sentia minha falta e que eu não me deixasse abater por especulações, que você era homem e resolvia suas carências de um modo diferente de mim, imaginar você ainda me amando em silêncio, dizendo para a outra as frases que gostaria de dizer para mim, delírios de uma mulher que ainda aposta, ainda acredita, envergonhada, que um amor sincero não morre por causa de uma tentação sexual paralela, que um amor como o nosso não se esvai, e ali de joelhos no meio do corredor, doída, com o tapete amarrotado por causa das minhas pernas bambas que não souberam atravessá-lo, ali fiquei até escutar a desistência da chamada, aquela que seria de qualquer outra pessoa que não você. Feito uma anciã bem velha em dia de folga da enfermeira, levantei devagar, machucada por fora, por dentro, me sentindo a mulher mais patética entre todas as mulheres do mundo, imaginando aquelas que naquele instante estariam jantando com seus amores e sorrindo com o rosto inteiro, plenas, mulheres amadas, levantei primeiro uma perna, depois a outra, consegui me erguer feito um filhote de girafa numa pista escorregadia, dei o primeiro passo, e o segundo, agora entendendo o benefício de uma bengala, na falta dela me amparando com as mãos na parede, outro passo, e mais um, doendo, até chegar ao aparelho já mudo em cima da mesinha ao lado da cama. Teclei chamadas perdidas.

Era você.

*

Antes mesmo de discar eu já não te amava com a mesma insensatez. Bastou saber que você havia pensado em mim, fosse pela besteira que fosse, e meu coração já batia mais devagar, ganhava autoconfiança, eu podia voltar a respirar. Liguei e você atendeu no segundo toque, eu estava ouvindo a sua voz novamente, o mundo se reorganizava, parecia que eu tinha retornado de uma longa e exaustiva viagem, estava no conforto do meu quarto, na paz da minha existência cotidiana, assistindo à mudança dos fatos, o inesperado acontecendo, e eu ainda não fazia ideia do que viria. Você estava gentil, mas meu sossego durou apenas dois minutos e meio, os primeiros dois minutos e meio de uma conversa que terminou aos berros vinte minutos depois, vinte minutos de acusações, queixas, choros, vontade de falar de amor e não conseguir, vontade de pedir para você voltar e a voz não sair, porque você confirmou, você disse que não era nada significativo, mas que sim, estava com outra mulher. Deixava de ser uma suspeita, uma fantasia, eu tinha esperança de que não fosse verdade, que fosse apenas coisa da minha imaginação diabólica, mas você confirmou, e depois eu não escutei mais nada, não queria saber da desimportância do fato, não acreditei quando você disse que ainda me amava, só o que eu pensava eram em vocês dois juntos na cama, nus, suados, se amando, sorrindo, aos beijos, abraços, se tendo, se agarrando, ela dona de você, ela podendo ligar pra você quando quisesse, ela na sua casa, tomando vinho nos cálices que eu te dei, ouvindo os discos que deixei com você, fazendo carinho no seu cachorro que era um pouco meu também, estacionando o carro dela na vaga que era minha, recebendo as chaves que eu devolvi pra você, ela era sua namorada agora, e eu era alguém em quem você ainda pensava, e eu não consegui me sentir grata por essa condescendência, nem vou, jamais. Como quer que eu acredite que tudo aconteceu por acaso, como é que em tão poucos dias você conheceu, paquerou e iniciou uma relação? Ela já estava na sua vida, você estava a fim dela antes de sair pela minha porta, e isso agora não interessa mais, pois agora eu sei o que mulher nenhuma suporta saber, agora o tiro de misericórdia foi dado, não sei de quem você está se vingando, quem foi que lhe fez tanto mal para você descontar sua miséria em mim, mas está descontada, agora você pode se sentir quite com sua infância sem fotos, com sua adolescência sem rumo, com sua maturidade nunca alcançada, agora você pode se sentir um homem de verdade, e talvez eu deva mesmo lhe agradecer o favor que me prestou, agora você me secou, me drenou, agora eu odeio você e posso começar a planejar meu futuro, e olhe que outro bem você me fez, meu joelho parou de doer.

*

Eu hoje não tomei banho, está muito frio, a vida se tornou metálica, as paredes parecem de alumínio, o chão é uma pista de gelo. Não tive vontade de tirar o pijama, mas de pijama o dia inteiro não tem cabimento, coloquei qualquer trapo que encontrei no armário e vim para a sala ler meu horóscopo, que é a única coisa que me interessa no jornal, logo eu que nunca dei bola para adivinhações. Não há nada de animador previsto para meu signo, então leio o seu e, segundo o astrólogo, está tudo correndo bem pra você, então decido que vou esquecer a data do seu aniversário, qual é o seu Sol, a sua Lua, o seu planeta, vou esquecer que você é de novembro, de Sagitário, de Saturno, de outra galáxia, não passo mais em frente à sua rua, deleto seus contatos, esqueço seu rosto, não lembro mais o nome dos seus familiares, apago toda e qualquer recordação do passado, viro uma múmia, uma esfinge, uma estátua de pedra. Meu cabelo está sujo, faço um rabo de cavalo, não troquei as flores da sala, ontem era o dia em que elas chegavam frescas na loja, mas me esqueci de passar para comprá-las, as pétalas mortas das flores da semana passada estão caídas no chão, alguém precisa varrer. Pego um livro de psicologia, sei que há muitos trechos ali sublinhados, frases que destaquei alguns anos atrás, tento resgatá-las para saber se ainda fazem sentido, se conversam comigo, mas elas não me dizem mais nada, preciso ler

outros livros, buscar consolo em ideias recém-
-escritas, talvez eu encontre algo que me faça
rir, que consiga distrair meus pensamentos sem
muito esforço, ou então eu deva ir ao cinema,
mas só de pensar em escovar os dentes, passar
um batom, pegar o carro, não, nem pensar,
estou absolutamente sem energia para tanta
atitude, estou magra e pesando duzentos quilos, um corpo afundado no sofá que virou uma
espécie de alto-mar, o sofá que não me abraça,
apenas me sustenta, me mantém à tona, mas
não estou triste, e tampouco alegre, não estou
sentindo nada, pode jogar água fervida no meu
peito, eu não vou gritar, eu não vou levantar,
eu não estou aqui, ninguém está me vendo, eu
não estou me vendo. Por mim, sumiriam os
espelhos da casa, e a tevê pode estar sintonizada em qualquer canal, nenhum deles me fixa
a atenção, não lembro se estou de calcinha, se
troquei de calcinha, e não me depilo há alguns
dias, não preciso de pernas sedosas, não preciso
de lingerie, eu só preciso respirar – inspira,
expira –, isso ainda consigo fazer porque é
inconsciente, hábito, costume, tudo o mais

que me exige reflexões eu dispenso. Uma amiga me mandou um e-mail dizendo que vai passar, tudo passa, e me convida para um drinque no final da tarde de amanhã, eu sei que não vou, mas ainda não respondi ao e-mail, amanhã eu respondo, vai passar? Já passou, querida, já passou, meu problema é o que ficou.

*

Às vezes dura dez minutos, às vezes um pouco mais. Quando dura quinze, é carnaval. Fico quinze minutos trabalhando, concentrada, focada em algum assunto que não é você, e então tenho a impressão de que o processo de cura começou, mas os dias possuem bem mais do que quinze minutos, e em todo o resto de tempo é em você que penso, e eu me flagro incrédula, mortificada: faz de conta que não aconteceu, não aconteceu nada, fique calma. Ontem sonhei com você e tive quase certeza de que Deus não existe mesmo, pois Ele, em sua infinita bondade, não faria isso comigo: sonhei que você havia me buscado na saída.

Saída de onde? Do teatro, do colégio, da minha vida? Caminhamos juntos pela rua, seu carro estava estacionado um pouco mais adiante, e eu estava quase alegre, você havia me buscado, me retirado de algum lugar para seguir com você, e quando chegamos no seu carro, dentro dele estava a outra, uma mulher no assento em que eu deveria sentar, gargalhando, debochada, uma mulher com pouca roupa e reclinada, desbocada, me mandando sumir porque agora você era dela, e você não soube o que dizer, calou, e eu não soube para onde correr, como é que você havia esquecido uma mulher dentro do seu carro, como é que não teve o cuidado de lembrar, como pensou que poderíamos conviver os três no mesmo espaço? Acordei com uma dor semelhante à de uma agulha enfiada na veia, alguém estava retirando meu sangue, me vampirizando. Você, só podia ser você, que se me visse agora consideraria um exagero esse meu desalinho emocional, que diria que estou dramatizando, você que nunca passou por nada igual, mas talvez passe, tomara que passe, para poder entender. Não há inteligência que nos salve nessa hora, não há explicação, discernimento, só vibrações, as ruins e as péssimas. Soube de um cara meio bruxo que joga cartas, búzios, um homem que basta olhar no fundo do nosso olho para abrir um caminho e dizer o que vai acontecer, você sabe quantas vezes fiz esse tipo de consulta? Pois irei lá, será minha estreia no mundo das adivinhações. E agora, ouça essa: eu tenho rezado. Acredito em astrólogos, magos, duendes, cartomantes, charlatões, trevos de quatro folhas, por que não acreditaria também em Deus, nesse Deus que está quase me deixando? Todas as noites eu rezo pra Deus pedindo desculpas pelo meu sofrimento mesquinho, menor. Tanta mãe que perdeu filho, tanto trabalhador que perdeu casa em enchente, tanto jovem que perdeu braço e perna, tanto cego e tanto pobre, tanta criança pedindo esmola de pés descalços, tanto desempregado humilhado, tanta gente pedindo dinheiro emprestado para não ter a luz cortada, tanta mulher que foi deixada depois de vinte anos de credulidade no amor e que ficou com os três filhos pra criar, pra sustentar, pra explicar, tanta gente chegando aos setenta anos, aos oitenta, olhando pra trás e não vendo sentido em nada do que foi vivido, se deparando com o tempo desperdiçado, e mesmo assim eu rezo e ocupo ainda mais a agenda do Senhor por causa de um traste que me trocou por outra sem me deixar filho nem despesa, sem me deixar aleijada ou sem teto, apenas me deixou, apenas me deixou, apenas isso. Pai de todos, tão atarefado e ainda tendo que se ocupar comigo, logo eu que nunca lhe dei crédito antes, pecadora por desprezo e falta, eu que nunca precisei, mas que agora ajoelho e imploro por bênção: Deus, Pai, Senhor, seja você quem for, tire esse homem do centro das minhas atenções.

*

Acordei com o despertador na mesma hora de sempre, antes das sete, mas com o agravante de que agora o inverno está mais intenso, não só o inverno metafórico, aquele do coração abaixo de zero que me destemperou emocionalmente, mas o inverno de junho, julho, agosto, aquele que me gripa, me acinzenta e me faz andar curvada, encolhida, com os ossos a ponto de quebrar, mas mesmo assim coloquei um par de tênis, uma calça de cotton, um casaco, e não me importando de que ainda estivesse semiescuro lá fora, fui caminhar, sentir o ar gelado no rosto, o corpo vivo, confiante no futuro. Dei voltas e voltas no mesmo parque em que tantas vezes nos divertimos, em que tanto namoramos, o mesmo parque, as árvores no mesmo lugar, porque é a única área verde aqui perto e não vou trocar de bairro por sua causa, ainda que eu desejasse trocar de nome, de rosto e de encarnação. Durante meu passo apressado, aeróbico, um homem bonito cruzou por mim e me cumprimentou sem eu nunca tê-lo visto antes, será que é marido de alguma conhecida, será que já fomos apresentados? Mais duas voltas no parque e novamente um sorriso tímido foi trocado por ambas as partes, eu nem sabia mais o que era isso e comemorei feito uma menina de doze anos vivendo o primeiro flerte da sua vida. Voltei pra casa, tomei banho e depois de muitos dias tive vontade de me vestir bem, mesmo que pra ninguém. Abri minha caixa de e-mails, havia muitas mensagens, me dei conta de que eu continuava existindo e aproveitei para responder àquele convite da minha amiga, topei um happy hour para o dia seguinte. Ela não demorou quinze minutos para me responder. Me propôs à queima-roupa: amanhã por quê? Vamos hoje! Te pego às seis. E com ela, num café lotado de gente charmosa, tive uma noite inteligente e divertida como não sabia mais ser capaz.

*

Ontem voltei pra casa meio alta, eu e minha amiga tomamos champanhe para comemorar minha liberdade, meu reencontro comigo mesma, meu futuro pela frente, tudo isso ela me disse, que eu era ótima, que eu voltaria a amar de novo, que minha relação com você já estava condenada, que foi melhor assim, e disse mais uma série de outros chavões que eu adorei ouvir, e tim-tim, saí de lá entusiasmada e fui dormir certa de que o pior havia passado, até que hoje acordei às cinco da manhã e senti a mesma vontade de morrer.

A morte tem me visitado em horas diversas do dia, a ideia dela surge em conta-gotas, e muitas vezes não é a morte minha, mas a sua, o que facilitaria muito as coisas, você morto não me trai, você morto não me dá esperança de retorno, você morto não me enviará o e-mail que tanto aguardo, você morto é a tranquilidade certa da minha alma. Morrendo você, eu é que descansaria em paz.

Mas isso eu não digo pra você, eu adoraria te encontrar e te dizer os piores desaforos, te chamar de tudo, berrar os palavrões mais inqualificáveis, abalar teus brios, mas não faço nada disso, agora fico em silêncio tal como você, os dois manipulando um ao outro com a quietude, apostando num desaparecimento que sempre alimenta interrogações, você tem vontade de me procurar? Quem de nós dois vai resistir mais tempo? Quando não desejo você morto, alimento a fantasia de que você seria capaz de assaltar um banco para ficar comigo outra vez.

Não sei por que ainda considero importante que você me guarde na sua memória afetiva, se eu mesma já não me dou a mínima. Que troca de vibrações telepáticas é esta que idealizo como um elo entre nós dois, quando o natural seria eu pensar apenas em mim e você em você, desconectando os fios, desenovelando essa nossa história, mas ainda quero te conquistar, por isso não apareço na tua frente, não te xingo, não te chamo de filho da puta, um pouco porque ter deixado de me amar não faz de você um filho da puta, mas principalmente porque tenho medo de que se houver em você um resto de amor por mim, esse amor irá por água abaixo quando você me ouvir te caluniar, te insultar, então me mantenho educadamente afastada, porque é a única saída que me resta para continuar sendo gostada por você, que absurdo, esse meu falso refinamento ainda é uma forma patética de sedução. Lembro como era bom compartilhar minha felicidade com os amigos, falar pelos cotovelos sobre alegrias que soavam até ofensivas àqueles que não entendiam o que se passava no interior de um corpo em festa. Eu costumava ser uma alegoria ambulante. Agora a festa terminou, os copos estão espalhados pelo chão, os pratos sujos, silêncio absoluto, ficou o vazio devorador de uma solidão impossível de ser contada. Qualquer coisa que eu fizer será inútil, o fim é uma parede, impossível atravessar, fica-se exatamente onde se está, inerte, até que uma porta, um dia, num passe de mágica, venha a ser desenhada no meu futuro. Mas, por ora, não existe futuro, não existe passado, não existe o tempo, eu olho a chuva pela janela e ela existe lá fora, eu não existo aqui dentro.

O desespero acalmou, virou uma tristeza amistosa que me impede de reagir, me impede de fazer planos, me impede até de sofrer – ela simplesmente me entorpece, imobiliza, é uma espécie de anestesia. Durma, querida. Durma, mesmo acordada. Durma, mesmo trabalhando. Durma e não preste atenção no que está acontecendo. Não está acontecendo nada mesmo.

Peguei meu carro num domingo e fui passar o dia na praia. Me levei embora de mim. Queria ver o mar, foi a desculpa que me dei. Não podia admitir que precisava ouvir uma pessoa estranha me contar o que há do outro lado desse abismo. Queria que alguém me enganasse com a melhor das intenções. Procurei o tal bruxo que não era bruxo, e sim proprietário de uma loja de artigos indianos. Mas chamá-lo de bruxo me faz parecer um pouco menos burra.

Era um sujeito muito alto, com mãos grandes, olhar opaco como o de um cego. Exatamente como eu havia sido advertida por quem o indicou. Me levou para um escritório ao lado da loja. Nos porta-retratos, fotos dele ao lado de políticos, artistas, jogadores de futebol. Quanta gente precisada de um engano bem gratificado. Eu ainda não havia dito nada e tampouco quis saber quanto me custaria a consulta com vossa excelência. Perguntou meu nome. Pronunciei meu nome calmamente, como se estivesse mentindo. Ele disse: "Você deveria ter vindo antes. Fazia tempo que não via uma mulher tão machucada".

Não sei como consegui segurar as lágrimas. Talvez não tenha conseguido, pois a partir daí, por piedade ou paternalismo ou porque era o que ele estava vendo no fundo dos meus olhos, ele me disse tudo o que eu precisava ouvir. Que eu era uma criatura iluminada. Que havia um anjo tomando conta de mim. Que minha estrada estava aberta.

Ele adivinhou sobre a minha vida algumas coisas práticas e fáceis de acertar. Chutou algumas coisas também fáceis de chutar. Não falou em nenhuma desgraça, porque intuiu que, em caso de mais um desgosto, eu sairia dali sem deixar um tostão. Ele tinha o produto que eu queria para pronta-entrega: a esperança mais fuleira, uma ilusão de quinta categoria. Eu só necessitava de uma boa mentira para enfiar no bolso, uma mentira que ficasse comigo até pelo menos eu voltar pra casa. Ele me deu várias, eu paguei corretamente pela alienação que fui buscar e antes de eu ir embora ele colocou a mão no meu ombro e me olhou de um jeito que dava a impressão de estar mais assustado que eu: "Você vai atravessar paredes".

*

No dia seguinte não choveu.

No dia seguinte não chorei.

Aceitei que deveria levar dentro de mim o projétil que não havia como retirar, a bala que se alojou num ponto que impossibilitava a extração. Um médico me diria, se eu tivesse procurado um médico, que é preciso se acostumar com esse corpo estranho e levar uma vida normal, como se nunca tivesse sido atingida.

Esse corpo estranho. A dor.

Continuo sentindo tudo o que sentia, mas já sem procurar lógica para esse sentimento atrofiante. Sigo triste, mas menos catastrófica. A ansiedade que me empurrava ladeira abaixo deu uma desacelerada, já consigo ficar indiferente. Passei a ir ao cinema com mais frequência e tenho me encontrado com as amigas. A gente ri muito, parece que a vida sem você começa a ser possível de ser vivida. O homem que cruzava comigo no parque continua me cumprimentando com uma simpatia suspeita, e eu retribuo, sabendo que o máximo que pode acontecer entre nós dois é envelhecermos juntos todas as manhãs dizendo bom dia ao cruzarmos nossos caminhos, pois a aliança que ele traz na mão esquerda me impede de fantasiar um romance clandestino – todas as mulheres do mundo estão a salvo de mim, eu não faria nenhuma delas sofrer por minha causa.

Minto quando digo que não procuro mais lógica. Eu ainda gostaria de entender. Li num livro que entender é limitado, e que não entender é libertador. Estou quase certa de que é Clarice Lispector. Gostaria de ser esperta o bastante para atingir esse salvo-conduto. Olho para trás, para o tempo em que formávamos um casal, e me dá a sensação de que estávamos atuando um para o outro, você minha plateia e eu a sua, cada um tentando desempenhar o papel dos sonhos do outro. Eu, sua mulher. Você, meu homem.

Hoje já não me sinto traída por você, e sim por mim mesma. Eu sabia desde o início que estávamos fadados a uma luta desigual, você mais bonito e mais instável; eu, mais centrada e vivida. Tão vivida que sabia que amores se constroem, basta um terreno propício, e terreno não nos faltava, dois recém-divorciados querendo voltar à ativa, amparar-se um no outro para virar a página dos fracassos anteriores. Um fracasso novo é o mínimo que se espera de qualquer relação.

Mas tivemos um fracasso majestoso. Um fracasso de cinema. Dois apaixonados brigando contra suas adversidades, dois apaixonados empunhando todo tipo de arma para se manter em pé, e quando deitados, os dois gozando vitórias, uma atrás da outra, dois heroicos, dois eróticos, dois sublimes. Fracasso de matar de inveja os que nunca experimentaram um.

*

É a pior morte, a do amor. Porque a morte de uma pessoa é o fim estabilizado, é o retorno para o nada, uma definição que ninguém questiona. A morte de um amor, ao contrário, é viva. O rompimento mantém todos respirando: eu, você, a dor, a saudade, a mágoa, o desprezo – tudo segue. E ao mesmo tempo não existe mais o que existia antes. É uma morte experimental: um ensaio para você saber o que significa a morte ainda estando vivo, já que quando morrermos de fato, não saberemos.

Então é isso que começo agora, minha trajetória de morta-viva, com algumas horas mais mortas, outras mais vivas, dependendo do que me chega, se um convite para uma balada ou uma lembrança corrosiva que abate e me destrói. A cada meia hora, um estado de espírito diferente. À noite, meu cansaço é igual ao de um maratonista, é como se eu tivesse atravessado dezenas de quilômetros, entre subidas e descidas. Mas, ao contrário do que acontece nas atividades físicas, as descidas são as que mais consomem minha energia.

Soube que você segue com ela, aquela que não era significativa, aquela que não era importante, aquela que estava apenas te distraindo enquanto você não me esquecia.

Sua irmã me telefonou ontem para saber como eu estava. Nós nunca fomos íntimas, estranhei ela estar tão interessada na minha sobrevivência emocional. Foi ela que confirmou que você segue com a mulher a quem você não ama, a mulher pra quem você não está nem aí, a mulher que está te servindo como muleta enquanto você não me tira da cabeça. Sua irmã me contou isso como se o fato de você não demonstrar animação por essa que me substituiu fosse suficiente para não me fazer sofrer. Sua irmã sempre me pareceu meio tola, então vou desconsiderar esses comentários e tentar acreditar que ela não está sendo maledicente.

Afora a atualização pormenorizada da sua vida afetiva, ela deixou escapar algo que eu já suspeitava, mas não tinha certeza. Eu sabia que havia um troço esquisito em você que afetava a nossa relação, mas esse distúrbio é tão inédito pra mim que não consegui diagnosticar, ou talvez eu tenha preferido fazer de conta que tudo em você era autêntico e que a insana era eu, ao menos assim eu poderia repartir a conta do estrago e tentar salvar o que eu não queria que se rompesse, foi assim que passei dois anos me iludindo: está tudo caótico, mas tudo bem, a paixão é desse modo, eu apenas não estou acostumada, apenas isso, mas vou me acostumar, todo mundo diz que amar desse jeito transtornado é normal.

    Não era.

2

Eu não esperava nada. Eu não sonhava com nada. Dizem que as pessoas verdadeiramente ricas são aquelas que nada desejam. Então eu era a nova milionária da cidade, porque estava saindo de um casamento de dezesseis anos sem nenhuma expectativa, sem nenhuma dívida pra pagar ou receber, e o mais assombroso: sem uma dor aguda e incurável, apenas a melancolia natural que acomete a todos que encerram uma etapa importante da vida. Mais ou menos como uma peça teatral de sucesso que inesperadamente sai de cartaz: deu tudo certo, mas uma hora a repetição cansa, o entusiasmo acaba, há textos novos por encenar e um mundo lá fora chamando.

Eu me sentia íntegra e honesta, estava conduzindo a minha história como achava que deveria, e tinha a cumplicidade do meu ex-marido, que sentia a necessidade de afastamento tanto quanto eu. Éramos bons amigos e assim continuaríamos, e daquele dia em diante, o dia em que ele saiu com as malas pela porta do nosso apartamento depois de inúmeras conversas sobre os prós e contras da nossa decisão, estávamos seguros de que não haveria o que lamentar, porque ninguém estava de fato saindo da vida um do outro. Era apenas uma mudança de endereço e de estado civil. Voltávamos ao atribulado mundo dos solteiros, mas jamais deixaríamos de nos falar e de nos ver. Era uma separação, e não uma briga, não houve uma despedida de novela incluindo gritos, insultos, beijos desesperados ou uma última transa para ficar na memória. Nada de passionalidade. A porta do elevador se abriu, eu fiz um rápido cafuné nos cabelos dele, sorrimos um para o outro meio sem jeito e trocamos um tchau, amanhã te ligo. O que estava acontecendo era um bem-vindo recomeço para cada um dos dois, uma estrada nova, um presente a ser desfrutado com tranquilidade e sabedoria.

Essa tal sabedoria, que até então eu imaginava consistente, me dizia: calma, madame. Nada de pressa. Você recém está inaugurando um capítulo novo da sua biografia. Não precisa preencher páginas e mais páginas de acontecimentos furtivos e pretensamente eletrizantes. Permita que essas páginas sigam em branco antes de começar a descrever o turbilhão de acontecimentos incríveis que as revistas juram que acontece, mas que é provável que não passe de ficção. Não invente, não force. É mais sensato acreditar que o que valerá a pena, a partir de agora, será apenas seu armário com espaço de sobra, nenhum ronco masculino na cama, algumas horas mais livres para encontrar com suas amigas e o carinho que você deve redobrar para com seus filhos, que continuam onde estão, sob sua guarda. Serão esses os seus próximos capítulos por um longo e indefinido tempo.

*

Santa ingenuidade.

*

A cidade inteira comentou que eu havia trocado um casamento estável por uma aventura, acreditando que você já fazia parte da minha vida quando eu ainda estava casada. Pelo visto, maledicência não era exclusividade da sua irmã. Essa "cidade inteira" era composta apenas por meia dúzia de fofoqueiros sem mais o que fazer e eles estavam irritantemente enganados, mas não havia como culpá-los pelo delírio a que estavam se entregando. Você realmente surgiu horas depois que meu marido se foi. Eu disse *horas.*

Os meteorologistas costumam avisar com um mínimo de antecedência quando a natureza vai sofrer um fenômeno climático, quando um temporal está a caminho, quando é hora de retirar as roupas do varal ou, em casos mais extremos, reforçar portas e janelas. Mas ainda não inventaram um recurso tecnológico para avisar que um homem vai entrar na sua vida e fazer o chão tremer. Você foi um abalo sísmico totalmente inesperado, e antes que eu pudesse me defender, deu-se o início da minha devastação.

O fato de tê-lo conhecido num velório seria uma piada pronta, não houvesse acontecido exatamente assim. Encerrado meu sólido casamento num saguão de edifício, o primeiro compromisso social que tive, no mesmo dia, foi levar meus pêsames a uma colega de trabalho cujo marido havia falecido. Ela estava arrebentada, sofrendo, era mais uma mulher que perdia o seu amor, mas eu me sentia blindada contra a comoção daquela estranha. Só pensava em sair ligeiro da capela, onde, deitado dentro do caixão, não havia ninguém meu, ou que fora meu. Eu não estava enterrando ninguém, minha despedida do passado havia sido bem menos dramática. Depois de abraçá-la e consolá-la com palavras retiradas de algum manual de etiqueta, fiquei estática a seu lado por alguns minutos, cercada por pessoas desconhecidas, compartilhando a tristeza e o peso do ambiente, pensando nos ciclos que se encerram por livre-arbítrio ou pelo destino, até que, meditação feita, fui até a cafeteria do cemitério e você, sozinho no balcão, me pagou o primeiro café de nossas vidas, já que o atendente não tinha troco para minha nota de vinte. Fiquei lhe devendo o favor, e você apresentou a conta já na noite seguinte.

Impossível não me apaixonar. Você é e sempre será o acontecimento mais improvável na vida de uma mulher, de qualquer mulher. Se eu fizesse uma pesquisa, duvido que encontrasse uma única cristã que me dissesse que sim, que também já teve um homem excêntrico surgido do nada oferecendo um amor transbordante, um homem com uma conversa sem pé nem cabeça, mas deixando transparecer em cada palavra que está disposto a morrer para tê-la, um homem com quem você sai uma única vez e já se sente a mulher mais desejada do planeta, um cara que diz que é capaz de ir até os cafundós da Via Láctea para buscar o que você quiser, e você olha dentro dos olhos desse sujeito quase histérico e descobre emocionada que sim, ele iria. Este é você, que não permite que a mulher ao seu lado tenha um único minuto de pensamento próprio, pois sabe que se ela tiver tempo de usar os neurônios, irá desconfiar da sua natureza impulsiva, intempestiva e alucinada, portanto, antes que ela racionalize sobre a cilada em que está se metendo, você já a cercou com todo o romantismo e com toda a lábia e com toda a parafernália que faz de você um homem que não existe. É óbvio que eu percebi que havia algo de muito afoito em toda a sua aproximação, e quando você, ao me responder sobre seu estado civil, me disse sorrindo que eu era o empurrão que faltava para você se separar de um casamento quase tão longo quanto o que eu havia tido, entrei no jogo e achei natural que você fizesse essa transição com tamanha facilidade e rapidez, sem curtir um luto mínimo. Você não me conhecia e em cinco minutos já me tratava como se eu fosse a mulher da sua vida. Mas quem era eu, de fato? Simplesmente aquela que não era significativa, aquela que não era importante, aquela que estava apenas te distraindo enquanto você tentava esquecer a mulher de quem você não se separou por minha causa, mas que te deixou, e que hoje eu entendo por quê.

*

Você não me enganou, eu é que adorei enganar a mim mesma. Sem estar preparada para nenhuma espécie de emoção forte, de repente me vi enredada numa minissérie de tevê daquelas que costumam ser escritas por um autor alternativo, histriônico, independente, do tipo que tem a pretensão de "renovar a dramaturgia brasileira" e aposta no nonsense. Eu me deixei levar por tudo o que não era eu, ou que deveria ter sido eu, porém uns trinta anos antes. Coisas que eu achava cafona passaram a ser divertidas, acordar com pétalas de rosas pelo chão era hilário, termos um gosto musical totalmente oposto parecia desafiador, eu estava diante do meu reverso e curti à beça essa visita por uma galáxia misteriosa, que me permitia, no início, inventar um personagem e, aos poucos, fazer a coisa se tornar ainda mais excitante: abandonar o personagem para me tornar real, ser eu mesma em uma versão até então lacrada, desconhecida – você me abriu para uma nova essência de mim. Muito prazer, garota. Olha só quem você *também* é.

Mérito todo seu, amor. Você parecia não ter medo, não ter dúvida, não ter passado, não ter futuro, era um mágico, um encantador de serpentes, tornava surpreendente qualquer dia útil, cozinhava para nós naquela espécie de gruta onde vivia, agia de um modo que quase sempre me chocava, num misto de grosseria e pureza, mas eu não seria covarde a ponto de fugir desse neandertal cheio de charme que transava comigo de uma forma que eu já nem lembrava que era possível. Eu acordava de manhã, me olhava no espelho e ria com a mais deliciosa expressão de sem-vergonhice feminina: isso está acontecendo mesmo? Depois de uma separação matrimonial asséptica articulada com muita calma por anos – e por isso o meu luto se deu antes, e não depois de me divorciar –, ganhei como prêmio um macho livre, espontâneo, original e que sabia fingir muito bem uma paixão que ainda não sentia. De minha parte, sem problema. Um simulacro, àquela altura, era mais que suficiente para mim, até que depois de muitos encontros onde havia só eu e você, você e eu, sem testemunhas oculares, fomos um dia jantar num restaurante, como um típico casal de namorados, e você encasquetou que um homem, sentado em outra mesa, estava me paquerando, e que eu estava retribuindo, e eu achei aquilo meio chato, mas ao mesmo tempo simpático, que bonitinho, ele tem ciúmes de mim.

*

Praticamente em todos os restaurantes, você elegia um homem e passava a fantasiar que ele era do meu interesse, e a partir dali perscrutava meus olhos para saber se eu estava olhando para ele, e eu, que não tinha interesse em mais ninguém a não ser em você, passei a me sentir vigiada, investigada e culpada pelo que eu não fazia, e nervosa, realmente olhava para os lados para saber quem afinal estava sendo considerado tão mais atraente e superior ao meu namorado. Então isso é que é ciúme? Ainda não tinha vivido essa grata experiência. Vinha de um casamento tranquilo, seguro, cujas cenas de ciúmes nunca foram dignas desse nome: cenas. Eram apenas alertas divertidos, uma sinalização quase erótica: "Não pense que não estou percebendo...". E entre risadas maliciosas, o que parecia estar sendo percebido acabava desaparecendo diante da cumplicidade e do bom humor que eu e meu ex-marido cultivávamos. Quando eu escutava histórias pérfidas e bem mais pesadas sobre ciúmes, era como se alguém estivesse me contando o enredo de um filme que eu nunca iria assistir. Pois agora eu passava a estrear como protagonista da famosa "cena", o meu homem desconfiava de mim. Pois então. Chegara minha vez de experimentar.

No começo, não me estressei tanto. Era envaidecedor. E inédito. Eu não sabia muito bem que romance era esse que se iniciava de forma tão acelerada entre dois seres provenientes de universos distintos. Seria bobagem me incomodar com você tão cedo, eu estava me sentindo dentro de um parque de diversões, e o passeio de montanha-russa estava incluído no ingresso. Mas descobri que minha paciência era menor do que minha indulgência com esse admirável mundo novo, e aos 45 dias de lua de mel, tivemos nosso primeiro rompimento, que eu julgava o último. Inocência minha. Foi o primeiro de uma centena.

*

Eu já havia sido apresentada ao seu poder de sedução, mas não imaginava que ele seria tão eficiente e inesgotável. Foram tantas flores e torpedos e músicas românticas que você cantava – cantava! – pelo celular antes de eu dormir que pensei: abandonar essa brincadeira por quê? Tenho programa melhor? E fui com você, e viajei para lugares espetaculares com você, e conheci sua família, e recebi uma joia no dia dos namorados e levei um susto numa noite em que, depois de termos transado na garagem de um amigo seu feito dois adolescentes sem teto, eu esgotada e feliz disse que te amava.

Você sorriu e me beijou e ganhou milhares de pontos comigo por não ter cedido à tentação de dizer um automático "eu também". Era cedo demais para se comprometer pela palavra. Dessa vez, eu é que tinha sido afoita.

Talvez você não lembre de nada disso, e talvez lembre de coisas que eu já esqueci. Você me resgatou do meio do deserto feito um sultão, eu vivi com você mil e uma noites em que nada parecia real, a começar pela minha certidão de nascimento: perdi a idade que eu tinha, você me rejuvenesceu de forma escandalosa, a ponto de as outras mulheres notarem e não se conformarem, elas que gastam fortunas em clínicas de estética. Eu via você como um extraterrestre que havia sido esquecido pela sua nave espacial aqui neste planeta, não falávamos o mesmo idioma, não pensávamos de forma parecida e não sei como nos comunicávamos, o que havia entre nós era apenas uma vontade, uma enorme e insaciável vontade de investigar o que haveria no lado oculto da Lua, ver onde essa maluquice iria dar, aonde poderíamos chegar, quem aguentaria mais tempo, quem seria o primeiro a jogar a toalha, e feito duas crianças prendemos a respiração e mergulhamos um no outro para, em tese, nunca mais emergir. Eu vivia em êxtase, a cada manhã eu acordava para uma surpresa, nenhum dia foi igual ao outro e eu nunca mais fui igual a mim mesma, estava indecentemente alegre, espantada, moleca, e mesmo quando ficava enfurecida com seus delírios sobre outros homens, ainda assim aquela era eu fora de esquadro, eu descentralizada, nunca havia me dado esse direito antes. Eu sei por que eu disse que te amava depois daquela transa, com tão pouco tempo de convívio: porque eu estava me amando pela primeira vez na vida.

*

Houve aquele show de rock em que você teve certeza de que eu estava de olho em outro cara e, pra não ficar por baixo, começou a azarar uma mulher que estava perto de nós. Me perturbou essa sua faceta vingativa, ainda mais sem ter um porquê, e lembro que quando você me deixou em casa eu pensei que, apesar de muito legal, você também era um mala, mas no dia seguinte você me roubou da rotina, me levou pra fazer aula de dança de salão e me venceu mais uma vez, não havia defesa contra sua inventividade, contra o entusiasmo efusivo que você demonstrava quando estava na minha companhia – desde que não corresse riscos, é claro. Na aula de dança só havia mais três mulheres e o professor, por isso a noite acabou bem, com nós dois num supermercado feito cães farejadores atrás de comida, morrendo de fome depois de dançar mambo, samba, twist e sei lá mais o quê naquela espelunca que eu não iria com nenhum outro homem, nem arrastada. Só você mesmo para me subverter.

Estava tudo muito interessante, afora algumas discussões que começavam sem razão nenhuma e que me deixavam intrigada, nunca conseguia detectar em que momento da conversa a coisa havia degringolado e, quando descobria, me parecia surreal que uma questão tão boba pudesse deixar você tão alterado, mas a fome que eu sentia por você era maior e eu fui deixando pra lá suas alterações súbitas de humor, até que um dia você me disse que seu trabalho o obrigaria a ficar fora da cidade durante um mês, e isso me deixou um pouco insegura, mas você me convenceu de que a distância não era páreo para o que estávamos vivendo e eu acabei não achando de todo ruim vivenciar uma saudade estendida e ter mais tempo para cuidar dos meus filhos, coisa que meu deslumbramento estava me fazendo negligenciar, incrivelmente. Na noite anterior à sua partida, combinamos de jantar, namorar, nos curtir, e eu caprichei no visual e feito uma garotinha separei uma foto minha pra te dar, meu Deus, parecia que meu soldado iria pra guerra, então você me buscou em casa e disse que o programa era irmos a um ginásio na periferia da cidade, onde você tinha combinado de jogar futebol com seus colegas de escritório, e ali eu percebi pela primeira vez algo maquiavélico na sua aparente doçura.

Obviamente, você não jogou, você melou o compromisso com eles e comigo, discutimos, acho até que foi a primeira vez que você me viu chorar, e eu não costumava chorar à toa e nem aquilo era motivo, você estava apenas sendo babaca, mas talvez eu tenha chorado de raiva porque estivesse me dando conta de que haveria um preço a pagar em troca das suas declarações românticas, de suas atitudes audazes e de todas as pétalas de rosas pelo meu caminho. Mesmo sem antes consultar meu saldo emocional para saber se eu poderia arcar com essa negociação, resolvi que tudo bem, valeria arriscar o investimento, e a contragosto entreguei minha foto antes de descer do carro naquela noite escura de segunda-feira em que você me largou em casa sem clima, sem jantar, sem transa e já prenunciando um "sem futuro".

*

Eu nunca fui tão feliz como quando estive nos seus braços nos lugares mais contraditórios: de Saint-Tropez a Santa Catarina, de Paris a Paraty, de Portugal ao Pantanal – e na minha casa, e na sua, e na casa dos outros, e na rua. Eu ainda fico tonta e quase despenco quando percebo que nunca mais viverei de novo aquele arrebatamento, amei você de um modo que se você conseguir que outra te ame, não desgrude dela como permitiu que eu desgrudasse de você, e acredite quando digo que não te culpo pelo nosso rompimento, não culpo agora, que sei que você não tinha controle sobre seu ímpeto de me machucar. Mas quis matá-lo antes de saber.

Lembro que eu brincava dizendo que você teria feito uma carreira gloriosa no DOI-CODI se tivesse sido adulto no tempo da ditadura e tentado a vida como torturador, porque era assim que eu me sentia, sendo torturada com uma crueldade que, admito, no começo era muito pueril, muito discreta, e suportável, já que depois eu era recompensada por beijos mais que escandalosos e por tanto amor e dedicação que seria impossível pensar em fugir daquele cárcere. Eu fiquei. Eu permaneci. Mas já muito atenta para quando surgisse a oportunidade de escapar de uma indesejável condenação perpétua.

A conta ainda não estava paga, foi chegando a prestações, mas como você ainda tolerava aquela sua rotina abominável de executivo que vive em aeroportos, a cobrança em cima de mim podia ser considerada leve, você me provocava, mas ao mesmo tempo me dava alguns descontos e eu ia saldando minha dívida sem muito esforço. Ainda assim, me perguntava se era mesmo necessário pagar caro por paixão. De acordo com os livros que eu lia e os relatos que ouvia, tudo levava a crer que sim, quem eu pensava que era? Tinha um custo alto essa história de acordar de manhã com o café servido na cama, de ir para o banheiro e ler mensagens escritas no espelho, de ter bilhetinhos afetuosos espalhados pela casa inteira, todos os clichês que a gente desdenha quando não é conosco que acontecem. Claro que não sairia barato um homem me tornar uma mulher completa, reaver minha sexualidade, minha feminilidade, minha excitação e me fazer nunca mais querer sair de dentro do seu abraço. Paixão de mão beijada? Ora, de graça eu só conseguiria uma vidinha mundana e monótona. Paixão é ruína, minha filha. E custa os tubos.

Ainda estava topando esse pacto, quando um dia você desistiu por telefone – e por nada

– de uma viagem que havíamos programado, com passagens e hotel já reservados. E ainda segui disposta a esse jogo quando saímos juntos para uma festa, mas você na última hora me largou sozinha na calçada em frente ao edifício dos anfitriões para bajular um cliente que estava de aniversário, voltando a tempo apenas de impedir que eu começasse a dançar com outro. E quando brigou comigo um dia antes da celebração das bodas de ouro dos meus pais, e também naquela tarde em que você chegou aqui em casa dizendo que precisávamos terminar porque você se sentia inferior a mim. Inferior você nunca foi. Mas, perturbado, completamente.

*

Com o passar dos meses, suas reuniões de trabalho foram te afastando da nossa cidade com ainda mais frequência e por mais tempo, o que começava a comprometer a nossa relação e a te deixar raivoso, inquieto, impaciente, e a quem competiria segurar o tranco? Àquela que, depois de cumprido o estágio inicial de estepe, passou a ser muito significativa, aquela que tinha conseguido fazer você esquecer a ex, que reinava finalmente sozinha no teu coração, que ganhou o cetro, a coroa e o carma.

Não seria com seus sócios nem com seus parentes que você exercitaria sua amargura. Precisava de alguém mais íntimo, alguém a quem você pudesse começar a torturar com um pouquinho mais de sordidez, e esse alguém era eu, que perdia a cabeça com você, gritava, chorava, me exasperava com sua falta de paz, com sua insistência em tornar tudo mais difícil, com a mania de transformar trivialidades em motivo para emburramento, e de fazer tudo isso como se eu fosse a responsável por seus acessos de ira. Você me tirava do sério de um jeito que nunca havia me acontecido, eu parecia estar endoidecendo, mas não ia embora porque acreditava que você ainda valia a pena, e nunca entendi tão perfeitamente o significado desta expressão, valer a *pena*. Era um castigo.

Valia porque, nas horas em que não estava irritadiço, em que não estava sendo excessivamente desconfiado e crítico, você ainda era aquele cara a quem eu considerava um presente da vida. Um homem lindo, generoso, incansável na sua busca em agradar os outros, em ser útil, prestativo. Um homem que amava as manhãs de sol, que amava a mim e que, quando estava junto à natureza, amava estar vivo, o que era imprescindível para continuarmos ligados, já que eu precisava enxergar você feliz de vez em quando. E, na cama, éramos mais do que felizes, éramos de uma indecência provocativa.

Quando dei por mim, era assim que eu tocava os dias: te amando e sendo exigida além do meu limite, te amando e não conseguindo realizar os teus desejos mais secretos, te amando e me sentindo sempre em dívida, porque você era o doador universal e eu, a receptora universal. Você queria que tivéssemos um projeto de vida em comum e eu acreditava que o amor podia ser um projeto em si mesmo, e assim prosseguíamos, você falando russo e eu, latim. Pensando bem, insistimos nessa relação além do razoável.

*

Hoje me pergunto se você me amou de verdade. Mantenho bem guardadas as nossas fotos, bilhetes, cartas, e-mails, e esse espólio sentimental registra um amor com toda a pinta de ter existido, mas não descarto a hipótese de você ter apenas projetado um amor em mim para vencer sua carência existencial, que era do tamanho da muralha da China, visível a olho nu a milhões de metros de distância. De minha parte, você me fez feliz e eu sei exatamente quando, como e por quê. Em contrapartida, olho pra trás e não lembro de ter feito você feliz da mesma forma, ao menos não com o mínimo de serenidade: você nunca me considerou um repouso, um porto, um albergue. A impressão que eu tinha é que minha presença funcionava como um dispositivo que fazia você entrar em euforia ou em surto. Quando sentávamos lado a lado em algum lugar para apreciarmos uma paisagem ou para lermos um livro ou simplesmente para batermos um papo, eu achava que tinha morrido e ido para o céu.

Era uma bênção ter você com os batimentos cardíacos desacelerados, entregue ao ócio, em estado contemplativo e demonstrando uma segurança rara, sem querer brigar com ninguém nem contra nada.

Teve dias inteiros em que a gente viveu como vive a maioria dos casais, sem rompantes desatinados, sem complexos de perseguição, um confiando no outro e se divertindo juntos. Mas eram dias incomuns, longe de qualquer contato com a sociedade: a gente se registrava em charmosas pousadas à beira-mar, dizendo apenas bom dia para porteiros e boa noite para garçons e não interagindo com mais ninguém a não ser nós mesmos. Foram os dias fáceis do nosso relacionamento, e os mais inesquecíveis.

Mas a vida não é um estado constante de férias. Bastava eu voltar para o meu trabalho, e você para o seu, em nossa inescapável urbanidade, para que todas as criaturas que ousassem respirar perto de nós fossem vistas como inimigas em potencial, pessoas das quais você precisava se defender porque se sentia sempre prestes a ser atacado, o mundo contra você, e se ao menos eu fosse considerada uma aliada sua, mas não, eu era mais um elemento do exército oposto, aquela que estava mais perto e que podia receber seus golpes mais certeiros.

Você nunca foi violento, mas como era cruel.

*

Estávamos juntos havia quase dois anos e você nunca tinha me visto usar aquele vestido, ele era de uma cor que você sabia que eu não apreciava, mas naquela tarde encasquetei de colocá-lo, e diante dessa situação ridícula de tão banal, você me xingou, se desestabilizou e fez o quê? Deu uma sumida de três dias. Deve ter imaginado que o vestido era presente de algum admirador secreto ou então que eu não era uma mulher de confiança, afinal, estava usando uma cor que não havia sido estipulada previamente em contrato. Eu sei, estou sendo irônica e até perversa em te lembrar desses incidentes infantis.

E assim caminhávamos para o despenhadeiro de mãos dadas, unidos pelo desespero de querer tanto um ao outro e não vislumbrar atalho algum que nos desviasse da queda.

A questão era simples: para continuar ao seu lado, eu teria que desistir de mim, da minha liberdade, da minha visão desestressada da vida. E era o que estava muito próximo de ocorrer. Eu, uma adulta graduada, passei a agir como criança. Passei a me desprezar. Estava me tornando uma mulher medíocre, que perdia tempo dando explicações estapafúrdias sobre coisa nenhuma. Quando você chegava aqui em casa sorridente, com uma garrafa de vinho na mão e fazendo planos para o final de semana que passaríamos juntos, eu pisava em ovos para que esse final de semana não terminasse dali a três horas por causa de um mal-entendido ou de uma frase que não caísse bem em teus ouvidos. Às vezes sobrevivíamos de sexta a domingo sem atravessar a fronteira de risco, mantendo-nos dentro de um cordão de isolamento imaginário – os limites que traçávamos para nosso equilíbrio conjugal. Eu não olhava para os lados e você não tirava os olhos de mim, e assim ficávamos seguros, ao menos em tese, porque de santo você não tinha nada, sempre foi mulherengo. Mas me adorava, me amava, nossa, como me amava.

E eu, será que ainda me amava? Uma mulher que procurava não tocar em assuntos que pudessem resultar em atrito. Uma mulher que evitava ser espirituosa com receio de não ser compreendida. Uma mulher que não dava opiniões contundentes para não parecer moderna demais. Uma mulher que escondia o fato de ter encontrado um amigo na rua porque era um amigo, e não uma amiga. Uma mulher que estava se tornando também ciumenta, porque não sentir ciúme poderia denunciar algum desinteresse. Uma mulher pouco parecida comigo, era essa a mulher em quem eu estava me transformando. Você, que ao entrar na minha vida havia reinaugurado em mim uma sensualidade, uma vitalidade e uma alegria que estavam obstruídas havia muitos anos, inaugurava agora em mim uma criatura que eu não reconhecia como sendo eu, uma mulher que pensava duas vezes antes de falar e que de forma vergonhosa desenvolveu um perfil careta, totalmente em desacordo com o que eu era de fato. Depois de ter sido solta por você, voltava a ser amarrada.

*

Nosso namoro avançava e ao mesmo tempo retrocedia velozmente, minha paciência havia sido quase toda consumida e já estava na reserva, eu alertava você, mas você não ouvia, continuava me testando, e eu não conseguia libertar você desse seu desamparo, eu queria apenas um companheiro, você queria uma salva-vidas. Era uma falta de sorte tremenda: o homem que eu mais sonhei em encontrar era um sujeito que não via graça nenhuma na tranquilidade, e a princípio isso poderia dar a ideia de que você era muito antenado, afinal, não é isso que se lê toda hora nas revistas? Que é preciso atividade, loucura, demência, rebeldia para que os dias sejam incríveis? Tudo isso me soava fenomenal enquanto teoria, mas me esgotava na prática. Minha existência estava obstaculizada, eu não conseguia evoluir através de você nem sozinha, me sentia exausta de tanta complicação criada do nada – porque se houvesse algum sentido transcendental na sua busca, eu compreenderia, mas você escolheu viver dentro de um redemoinho, você estava encurralado na sua irritabilidade constante, e só havia uma saída pra mim: abrir a porta e deixar você adoecendo sozinho.

Jamais teria usado a palavra doença antes de ouvir o que sua irmã confidenciou. Eu ainda estava convencida de que você era apenas um cara difícil, um pouco mais difícil do que o tolerável, e que tudo não passava de uma questão de temperamento e que se poderia tentar um alinhamento psicológico com meia dúzia de consultas, ingênua que sempre fui nesses quesitos da mente. Estava certa de que você conseguiria, se quisesse, frear um pouco seus arroubos, e se eu fiquei tanto tempo ao seu lado foi porque também acreditei que eu podia igualmente me esforçar mais, e foi o que fiz, juro, mas não havia progresso, as minhas tentativas de fazer você reconhecer que frustrações fazem parte da vida eram infrutíferas, não davam resultado, você era um surdo convicto, e cego, não percebia que ninguém se revoltava por bobagens do jeito que você se revoltava, a ponto de detonar com tudo o que havia em volta.

No entanto, sua irmã citou claramente um diagnóstico, ela parecia saber do que falava, e a situação ficou exposta, não duvidei, acreditei, pois já havia sido indiretamente alertada numa noite em que saímos para dançar e encontramos um ex-colega seu de faculdade, e ele comentou sobre um episódio do passado que eu desconhecia: o dia em que você propôs uma forma inusitada de comemorar a formatura. Entrei em choque. Ele revelou que você, o cowboy da turma, liderou uma sessão de rolcta-russa depois de uma noitada em que já não se avistava ninguém sóbrio num raio de um quilômetro. Estavam todos tão bêbados que ninguém poderia afirmar se era uma bala de festim ou pra valer. Você tinha a arma, a munição e a coragem de desafiar aqueles moleques de 21 anos a provarem sua virilidade participando de um rodízio macabro, e chegaram a disparar o gatilho duas vezes, até que um bendito covarde que não havia bebido tanto assim interrompeu o ritual e você, claro, o difamou na universidade por semanas a fio, sem ter a grandeza de agradecer-lhe por continuarem todos vivos. Você nunca havia me contado sobre essa tentativa implícita de suicídio quando jovem, e mesmo que tenha sido uma infame armação, o espanto me venceu. Não fosse o encontro casual com seu ex-colega, eu seguiria acreditando que você era apenas um sujeito esquisito e nada mais.

Devastada por tanta paixão e fúria, dias depois o chão desmoronou, você foi desagradável por causa de uma besteira, você bufou sem razão, você foi estúpido sem necessidade, você estragou mais uma de nossas noites e eu assumi que minha decepção era irreversível, desisti de você, resolvi tirar o peso dessa relação das minhas costas, pedi pra você sumir. E daquele momento em diante eu tive certeza de que o que eu sentia por você era irracional e intenso de uma forma que, como ficou comprovado assim que você se foi, me implodiria. Você nunca vai acreditar nisso, vai continuar achando que eu não fiz o suficiente, que não me empenhei o bastante. De fato, eu não demonstrava meu amor através de bilhetinhos, favores, presentes e surpresas, você é quem costumava se dedicar a esses mimos, dava a impressão de que você era o anjo da história e que seu descontrole emocional era provocado, ora, ora, por minha causa, por estar vivendo um amor gigantesco e infinito por essa mulherzinha indiferente aqui. Mas não era nada disso. Você era a fúria, eu era a paixão, e havia no meio de nós um transtorno psíquico que não apenas nos apartou, como evitou um encontro verdadeiro.

3

Doeu perder você. Passados quatro anos, ainda lembro.

É uma dor tão recorrente na vida de tantas mulheres e tantos homens, é assunto tão reprisado em revistas, é um sofrimento tão clássico e tão narrado em livros, filmes e canções, que mesmo que eu não lembrasse, lembrariam por mim. É uma dor que se externa. Uma dor que se chora, que se berra, que se reclama. Uma dor que tentamos compreender em voz alta, uma dor que levamos para os consultórios dos analistas, uma dor que carregamos para mesas de bar, e que vem junto também para a solidão da nossa cama, para o escuro do quarto, onde permitimos que ela transborde sem domínio e sem verbo. A dor massacrante do abandono, da falta de telefonemas, da falta de beijos, da falta de confidências. No entanto, perde-se o homem, perde-se a mulher, mas o amor ainda está ali, mesmo sendo o deflagrador do vazio. Por estranho que pareça, há uma sensação de pertencimento, algo ainda está conosco. A saudade é uma presença.

Então vem a etapa seguinte.

Essa não é tão divulgada, tem-se por ela mais respeito e menos informação, pois é vivida em silêncio. O que acontece é que tem uma hora em que ninguém mais aguenta ouvir a gente entoar nossa sina, lamentar nossa má sorte, procurar explicações para o fim. É quando a gente se dá conta de que já abusou da paciência dos amigos, dos familiares, e cala. Sofrimento cansa. Não só cansa aquele que sofre, mas cansa aqueles que o assistem.

Foi assim que a segunda dor começou, enquanto a primeira ia diminuindo. Já que eu não queria mais amolar ninguém, comecei a fingir que estava me recuperando, e aí começou a recuperação de fato, tirei o foco de cima da minha autocomiseração, já não me sentia uma abandonada por Deus, aceitava com resignação a ruptura definitiva do nosso relacionamento, e dei início a um novo processo de despedida. Não mais o adeus a você, que já havia partido, mas o adeus à pessoa sofrida que eu vinha sendo. Aquele eu amargurado é que estava saindo da minha vida.

*

Foi quando fiquei realmente só.

Era uma solidão nova. A última vez em que estivera totalmente sozinha havia sido antes de começar a namorar meu ex-marido, eu tinha uns vinte e poucos anos de idade. Com mais de o dobro disso, o que fazer com a vida só pra mim?

Primeiro pensamento: eu não tinha mais a vida só pra mim. Tinha filhos que precisavam de orientação para descobrir seus caminhos, tinha meus pais envelhecendo, tinha meus amigos com seus próprios problemas a dividir.

E então um segundo pensamento atropelou o primeiro: em qualquer circunstância, com filhos, pais, amigos, trabalho, e mesmo estupidamente apaixonada por quem quer que fosse, eu teria sempre a vida só pra mim.

Era para o que eu torcia então: encontrar alguém que me despertasse emoções intensas novamente, mas que, em contrapartida, não me obrigasse a um exílio, não me despatriasse de mim mesma. Aconteceria. Bastava aguardar. Eu não tinha pressa, não sairia à procura de um fato novo, era cedo. Não me imaginava colocando alguém no teu lugar, formando um par comigo. Antes disso, eu precisava entender como é que se diz para um homem "eu te amo" com tanta transparência, com tanta integridade, e depois se transfere essa frase para outro destinatário, com a justificativa de que isso é apenas o curso natural dos acontecimentos.

Em que momento o amor se desfaz, desaparece?

Quando era bem pequena, ouvia muito falar que o amor era para sempre. Ia a cerimônias de casamento e ficava emocionada quando o padre dizia "até que a morte os separe". Naquela época, nem passava pela minha cabeça que fosse possível amar vários durante uma vida. Eu acreditava no amor único e indissolúvel. Inclusive achava muito transgressora aquela história de "até que a morte os separe": nem a morte poderia terminar com um amor verdadeiro. Não entendia quando uma viúva, por exemplo, alguns poucos anos depois de perder o marido, já estava casada com outro. Como? Então bastava ela deixar de ver o finado para o coração ficar livre para um novo amor?

Ele está morto. Ela aos ais
Mas neste lúgubre assunto
Quem fica viúvo é o defunto
Porque esse não casa mais.

Os versos de Mario Quintana tentavam me explicar que o amor termina apenas para aquele que morre: quem sobrevive dedica-se a um breve luto e depois volta pra vida – e voltar pra vida quase sempre significa voltar a amar. Sendo assim, aos poucos fui relaxando e aprendendo que somos aptos a amar muitas vezes, de formas diferentes. Amamos A, amamos B, amamos C, e por alguns nem era amor, e sim entusiasmo, e sabe-se lá de quantos entusiasmos somos capazes. Melhor desse jeito, amar com movimento, amar com todas as nossas capacidades, amores pequenos, amores tortos, amores retos, amores para sempre, até segunda ordem.

Ok, achei divertido, só que tive que reformular minha visão idealizada de amor: ele é o mais nobre dos sentimentos, mas há algo de muito racional agindo junto. Se um homem é louco por sua esposa, conhecerá outra mulher e não dará a ela nenhuma atenção. Porém, se sua esposa morrer, logo, logo aquela outra mulher poderá vir a interessá-lo, e dali a pouco formarem um novo casal. O que demonstra que o amor apenas aguarda o momento oportuno, nada além disso.

Não que eu defenda romances trágicos, em que uma pessoa definha e envelhece trancada num quarto, esperando alguém que jamais voltará. Não conheço quem siga amando um morto (mesmo metafórico) para o resto da vida, em completa solidão, com o corpo gelado, recusando a abertura para novos abalos. No entanto, uma parte infantil e longínqua de mim absolve esses obstinados que acreditam que o verdadeiro amor sobrevive na presença e na ausência, e mesmo que isso resulte em histórias tristes e antiquadas, por outro lado possuem uma sinceridade que comove como nenhum amor, hoje em dia, comove mais.

*

Nunca mais procuramos um ao outro, e hoje acredito que fomos de uma generosidade honrosa: você sabia que eu não tinha mais resistência para lidar com sua mente em desordem e que só uma relação mais solta me devolveria a paz, e eu sabia que você não abriria mão do seu desvario e que tudo o que precisava era de uma família estruturada, de uma base, um lar, uma chave de casa. Éramos incapazes de realizar o sonho um do outro, e desenvolvemos defesas particulares para tocar a vida adiante. Uma dessas defesas foi o sumiço.

Foi a vitória da paciência sobre a ansiedade. A vitória do silêncio sobre o "volta pra mim".

Um ano depois, me julgando curada por essa bondosa invisibilidade mútua, tive um baque ao me deparar com você a três quarteirões da minha casa, tão ao alcance dos meus olhos e ao mesmo tempo em outra dimensão. Foi a única vez. E não precisa haver outra.

Encontrei você com a mulher que tomou o meu lugar e que passou a ser a mulher definitiva da sua vida. A que veio depois de mim e te deu um filho, seu menino tão desejado. Você era pai de um bebê apenas um ano depois de termos nos separado. Ele devia ter o quê? Um mês de vida? Tão miúdo no seu colo de Hércules. Aqueles cinco minutos de conversa e apresentações me fizeram descobrir que eu tinha um insuspeitado talento cênico. Eu merecia um prêmio pela bofetada que fingia não estar levando.

Você segue um homem bonito, mas está marcado pela inclemência do sol, o tempo está avançando sobre seu rosto. Achei que você estivesse morando em outra cidade, mas esteve aqui por perto o tempo inteiro, e uma conspiração cósmica fez com que nossos caminhos não se cruzassem até então. Imagino as ocasiões em que eu estava saindo do supermercado enquanto você procurava uma vaga para estacionar. As ocasiões em que assisti a um filme e você estava na sala ao lado, assistindo a outro. As ocasiões em que nossos carros ultrapassaram-se numa grande avenida. Quantos encontros o destino evitou por um fio?

Mesmo já recuperada da sua ausência na minha vida, foi um golpe te rever. Quando se sofre muito por um homem, a sensação de posse não desaparece, é como se fosse um suvenir. Eu já não pensava com insistência em você, mas quando pensava, me satisfazia imaginar que você nunca mais seria o mesmo sem mim, que seria para sempre um homem manco, deficiente, incompleto sem mim. Havíamos nos danado juntos e, portanto, tínhamos um vínculo: nossa dilaceração. Reconstruir a vida amorosa desfaz para sempre esse pacto.

*

O que eu não contei pra você naqueles cinco minutos de *Oi, qual o nome dele? Lucca? Ele é a sua cara. Parabéns, você e sua mulher devem estar radiantes com esse filho, ele é mesmo uma graça, então você está trabalhando aqui perto, não sabia, bom, tenho que ir, foi ótimo te ver, e você, prazer em conhecê-la* é que eu também já estava me relacionando com alguém, mas não te contaria nem que você tivesse perguntado. Não falo da minha vida íntima com estranhos.

No início, não dava para chamar de namoro. Não era um romance catalogável, daqueles em que o telefonema diário é imperativo. Era um homem, apenas. Um cara com quem de vez em quando eu ia ao cinema, de vez em quando jantava em algum restaurante e com quem eu havia transado meia dúzia de vezes. O nome disso: rolo. E rolo não se chama rolo à toa, um rolo é algo emaranhado, obstruído, ainda não encontrou sua linha reta, não tem estrada, ainda não engrenou.

Era essa a minha situação naquele dia em que vi vocês três e fui surrada pelo seu futuro bem mais adiantado que o meu.

Depois desse encontro violentamente trivial, me senti como que liberada das amarras criadas pela minha imaginação, fiquei mais livre para me jogar de cabeça na nova oportunidade de amor que me surgia. E o rolo virou um namorado. Esqueci você. Comecei uma relação que foi ficando cada vez mais séria à medida que ficava cada vez mais agradável e bem-humorada. Para minha surpresa, a vida não era irrecuperável: tornou-se possível de novo.

De onde surgiu esse, surgem todos. Quando ele se apresentou a mim num coquetel dizendo que achava que me conhecia de algum lugar, imaginei que um sujeito pouco criativo para cantadas seria pouco criativo para todo o resto também, e no mesmo instante estiquei o pescoço e comecei a buscar alguma amiga imaginária com o olhar, para deixar claro que não estava interessada na abordagem, até que a ficha caiu e, para minha surpresa, percebi que realmente nos conhecíamos de algum lugar, apenas não o havia reconhecido em trajes civis, já que estava acostumada a vê-lo sempre dentro de uma camiseta suada e uma bermuda puída, caminhando no parque bem cedo. Conectados os fios da memória, perguntei se ele havia se rendido ao sedentarismo, já que nunca mais havíamos nos cruzado, mas ele me informou que teve que trocar de endereço, morava agora num flat perto de um calçadão. Nem precisei espiar sua mão esquerda. A palavra flat era o sinônimo de sua nova condição de homem solto na praça. Eu já não faria nenhuma mulher sofrer se envelhecesse a seu lado a cada manhã dizendo bom dia.

No entanto, envelhecer juntos não era objetivo meu e tampouco dele, mas recuperar a juventude perdida um ao lado do outro não nos parecia má ideia. Ambos concordávamos que, depois de uma certa idade, com as metas sociais e familiares cumpridas, tudo o que um homem e uma mulher poderiam desejar era se divertirem o tanto que a vontade mandasse e o dinheiro permitisse. Negócio fechado. Onde é que eu assino?

Viajamos juntos por países que eu sempre quis conhecer, porém não me atrevia sozinha, como o Marrocos, o Egito, o Paquistão, o

Líbano e a Itália, e não me pergunte o que a Itália faz entre países muçulmanos, o fato é que nunca gostei de viajar sozinha para nenhum destino que ficasse do outro lado do oceano, não importa a religião vigente.

Eu e ele ríamos das mesmas situações, conversávamos até horas avançadas da madrugada, e o sexo era o que se esperava de um casal desinibido e experiente. Eu estava reconciliada comigo mesma, vivia algo que não me ilhava do convívio social, que não me excluía, que não me brutalizava. Ele tinha as manias dele, todos têm, mas elas não me estafavam, e nem eu provocava nele nenhum tipo de incômodo. As discussões eram raras e duravam pouco, não resistiam à nossa inteligência emocional – isso que faltou sempre para nós dois, eu e você. Inteligência.

Por que falo dele no passado? Porque era uma relação melhor do que eu poderia suportar.

*

Se eu disser que esse namorado ficou enlouquecido por mim vai parecer que eu sou uma feiticeira, que conheço todos os truques para ter o coração de um homem na palma da mão, que possuo atributos secretos para serem usados em momentos estratégicos, sei lá, vai parecer que eu sou uma mulher linda e irresistível, coisa que definitivamente não sou, mas o fato é que meu namorado realmente se apaixonou e eu também gostava demais dele, mas não a ponto de querer morar junto.

A primeira vez em que ele falou no assunto eu achei que era apenas um galanteio, uma maneira de dizer te amo de um jeito mais comprometido, e soltei um "quem sabe" com a única intenção de transferir essa conversa para uma data mais distante, algo como outubro de 2067, quando eu estivesse morando embaixo da terra, sossegada, num endereço pouco atraente para compartilhar com inquilinos.

Tempos depois, ele voltou a falar em morar junto, aventou até a hipótese de legalizarmos o novo estado civil, e eu achei que eu não havia sido suficientemente clara no início do namoro, quando disse que não pretendia casar outra vez, mas na época ele disse que também não pretendia e acreditei que essa era mais uma afinidade entre nós, mas agora estávamos tão encaixados, tão formatados como casal, por que não, mulher?

Porque não.

Eu estava encantada por aquele cara que gostava de mim do jeito que eu era, que me proporcionava uma troca intelectual e orgânica satisfatória, e ainda que fosse tudo nota 7, os três pontos que faltavam para alcançar o sublime eram os que conferiam espaço para minha liberdade, eu completava minha nota 10 sem a ajuda de ninguém. Estava vivendo com a aprovação de Deus, do diabo e do espírito santo, com todos os departamentos funcionando – afetivo, produtivo, familiar – e ainda com margem para vivenciar uma frase de Guimarães Rosa, pelo qual sempre tive gosto: *O senhor sabe o que é o silêncio? É a gente mesmo, demais.*

Eu estava conseguindo a quietude de ser eu mesma. Demais ou na medida, tanto fazia. Simpatizava com os filhos que ele tinha do primeiro casamento, mas convivíamos pouco, eles moravam com a mãe. Já ele conhecia bem os meus e para minha surpresa conseguiu conquistá-los com certa facilidade, talvez por não impor sua presença nem exagerar nas atenções. E também porque eu não fiquei aflita para promover um entrosamento, aflição que, admito, tomou conta de mim quando você entrou na minha vida horas depois da minha separação. Mas o que quero dizer é que estava tudo numa boa, e eu não estava nem um pouco tentada a transformar esse "numa boa" em algo mais apocalíptico, tipo um casamento. Mas como está convencionado que toda mulher sonha com casamento e todo homem foge dele, a inversão de papéis não pegou bem para o meu lado. Aí começou o problema.

A sugestão do meu candidato a noivo era a gente botar para alugar o meu apartamento e ele abandonar o flat, e juntos partirmos para um teto inédito. Assim ninguém se sentiria hóspede na casa do outro: estrearíamos um lar zero quilômetro, com o nosso jeito, uma vida nova mesmo. Nada poderia me parecer mais absurdo. Eu não tinha a menor vontade de alugar meu bunker para uma família desconhecida, de sair do meu canto, fugir para o exílio, então sugeri um plano B: que tal se a gente seguisse morando cada um no seu endereço e adquirisse uma casinha de final de semana em alguma praia ou na região da serra, um refúgio que pudesse ser chamado de nosso aos sábados, domingos e feriados?

Para quem estava ansioso para contrair matrimônio na frente de um juiz e guardar todas as roupas no mesmo closet, achei que ele iria se sentir rejeitado com a proposta e pediria demissão do cargo, mas eu esqueci o quanto aquele homem era cavalheiro – ou então ele estava querendo ganhar tempo, é possível. Só sei que achou minha solução sensata e genial. Agora era só decidir aquele pormenor: praia ou serra?

Eu não queria comprar um terreno, um chalé, um sobrado, eu não queria me encalacrar com mais dívidas, nem me envolver com obras, nem assinar escritura, nem pagar mais impostos e muito menos ter que ir todo final de semana para o mesmo lugar – eu estava entrando na idade da desobrigação, a idade de me aliviar do peso extra, a idade de me sentir finalmente solta, com os filhos levantando voo para um lado e eu, se quisesse, para o outro, e talvez eu quisesse mesmo. Uma casa em parceria com um namorado era um sonho e uma armadilha.

*

Cheguei a pensar que era falta de romantismo meu, ou talvez desamor, mas descartei as duas hipóteses. Sempre fui sentimental e nunca levei adiante relações em que não estivesse emocionalmente envolvida, e por mais que eu pareça ser durona, é apenas fachada. Só eu sei o quanto já sonhei em ser uma princesa resgatada da torre de um castelo. Mas eu não era mais menina e o problema era realmente a idade. Não que eu estivesse em avançado estado de putrefação; se você ainda for bom de contas, sabe que minha aposentaria por tempo de serviço está longe, e minha aparência não me condena. Tenho a idade do meu estado de espírito.

Porém, não posso negar que a passagem dos anos aumentou minha prudência. Não estava mais a fim de acumular bens materiais nem de elaborar projetos a longo prazo. Óbvio que ainda sofreria perdas, mas quanto menos ilusões tivesse, menor seria a queda. Eu sei que não funciona matematicamente assim, mas todo sobrevivente tem seus mecanismos de defesa.

Meu namorado tinha só três anos menos do que eu e já havia passado por um divórcio, por alterações do destino, por desestruturações, ou seja, deveria entender que eu preferisse seguir apostando apenas na companhia um do outro, e não na construção de mais um futuro, o terceiro, o quarto, o quinto, quantos futuros costumam nos ser concedidos? Porém, mesmo sendo um sujeito experiente, não engoliu essa história de que eu não estava preparada para adquirir imóveis, coisa que ele só descobriu quando eu já havia deixado a negociação ir longe demais – a casa, escolhida por ambos, estava situada num condomínio cercado por mata nativa e era um tesouro, com um jardim que eu teria adorado cuidar, lareira, churrasqueira e toda a segurança para nossos... nossos... netos?

Não.

Um dia antes de entregarmos os dois cheques para os corretores, pulei fora como se estivesse presa pelos cabelos no fundo de uma piscina e finalmente tivesse conseguido me soltar. Havia visto a morte de perto. Pedi para que ele me compreendesse. Ele, um lorde, simulou compreensão, mas não resistiu em me humilhar, comprou a casa assim mesmo, com recursos 100% próprios. Fiquei meio sem jeito, prometi ajudar a decorar, a conversa esfriou, não havia mais jeito: ele havia se decepcionado comigo. Mulher tem que desejar ser salva da torre do castelo em qualquer etapa da vida.

*

Meu estado civil: sozinha de novo, sozinha da silva, sozinha de dar pena.

Se eu sofri a ausência dele como sofri a sua? Nenhum amor é igual ao outro, logo, as dores também deixam cicatrizes particulares. Ele foi mais uma intimidade mutilada em minha vida, mais um "pra sempre" que não durou, mais uma ruptura. Lógico que eu não passaria por isso sem algum abalo, mas só para você posso confessar: desatino como a sua morte em minha vida, nunca mais. O outro não estava morrendo, estava indo embora. Você morreu, ou mais ou menos isso.

Poucos dias depois do término da relação com esse homem, estava caminhando por um shopping em busca de um presente, quando uma moça longilínea chegou perto de mim e perguntou se eu era quem era. Não levei nem meio segundo para me lembrar dela: sua mulher. Eu a tinha visto rapidamente no parque com você, mas não me esqueceria daquele rosto nem que vivesse trezentos anos. Confirmei: sim, eu era eu. Ela perguntou se eu tinha dez minutos para um café, e olhei em pânico para o relógio de pulso, havia marcado consulta no dermatologista para dali a meia hora e ainda não tinha encontrado um presente que procurava, mas disse a ela que tinha a eternidade pela frente, pois não se deve negligenciar os momentos que podem mudar a nossa vida.

Eu a achei menos bonita do que no dia em que a tinha visto no parque, e no parque ela me pareceu menos bonita do que era na minha imaginação, quando vivi aqueles meses de autoflagelo emocional. Ainda assim, ela era linda de morrer. Os olhos combinavam com o nariz, que não destoava da boca, que se alinhava de forma sublime com o queixo. Tudo era de uma proporção que faria Michelangelo pedi-la em casamento. Mas faltava o charme da descompostura, o olhar verdadeiro de algumas noites maldormidas, a aflição de quem traz um tijolo de maconha na bolsa, uma desordem que a personalizasse. Ainda assim, entendi sua atração por ela. Era um belo cartão-postal de mulher.

Eu apostaria meu apartamento, meu carro e meus pais que o assunto seria você.

Feito. Seu nome foi pronunciado antes que eu pudesse chamar o garçom e pedir duas águas. Com gás ou sem gás, perguntei a ela. Com gás, ela me respondeu.

Você, antes de me conhecer, só tomava água com gás. Só comia carne bem passada. Não lia nada além de livros técnicos. Achava que jazz era trilha sonora de veado. Eu preferia água sem gás e, em duas semanas de convivência, você passou a preferir também. Eu sempre comi carne malpassada e você passou a salivar diante do perfumado aroma do sangue bovino. Eu adorava jazz, e você o tolerou. Agora não era preciso mais me agradar. Logo entendi que você havia voltado às origens, havia encontrado uma parceira para resgatar seu genoma.

Duas águas com gás, por favor. Pedi em homenagem ao seu passado, não ao nosso.

Ela perguntou: você sabe meu nome, não sabe? Eu sabia. Tive vontade de dizer que não sabia, para não parecer que me importava, mas faltou tempo para articular uma mentira: eu sabia, droga.

A partir daí, caríssimo, a cúpula envidraçada do shopping se abriu como num efeito especial, e eu e ela saímos de mãos dadas voando em direção ao mais indiscreto dos destinos: você.

Ela virou minha Santa Lurdes, minha Santa Rita de Cássia, simplesmente me ofertou um milagre de Fátima, e nenhum desses nomes era o nome dela, mas era como se fosse. Me confessou a coitada que você nunca havia me esquecido e que ela suportava até hoje esse tumor no casamento de vocês: eu. Prosseguiam juntos apenas pelo filho adorado.

"Por que você está me contando isso?", perguntei quase sem conseguir disfarçar a alegria mais genuína que me transpassou a alma, e eu nem sei por que estava feliz, já que você era o câncer de nós duas, não só dela.

"Porque eu gostaria de entender."

Pobre ninfa. Estava ao lado de um homem que não lhe explicava nada. Que se recusava a falar de amores terminados, ainda que não soubesse disfarçá-los. Que deveria enlouquecê-la como enlouqueceu a mim, mas você e ela tinham um ás na manga, um filho, e isso os algemava. Eu conhecia bem o homem que você era. Fez nela um filho que carregava o sobrenome de sua família, ou seja, você jamais abandonaria o lar, mesmo nunca tendo assumido essa história fajuta de amor.

Mas não seria eu a deixá-la confiante em relação à sua permanência na vida dela, não sou tão misericordiosa.

*

Enrolei. Esporte preferido da mulherada diante da concorrência. Enrolar. Era isso ou ser maldosa. Falei que nossa relação havia sido difícil por "incompatibilidade de gênios" – viva os clichês! – e, audaciosa, sugeri à sua santa esposa que passássemos da água para o vinho, literalmente. A essa altura eu já havia perdido a hora no dermatologista e devia estar desenvolvendo um melanoma por conta do estresse.

Ela topou. Casada com você, já devia estar acostumada a uns copos.

Pedimos dois cálices de um tinto encorpado e a partir daí deixei de lado meu cinismo. Descobri que a linda mãe do seu Lucca era também uma mulher bem acima da média. E não entendi mais nada. Me explique: por que você não se apaixonou por ela? Eu quase me apaixonei.

Não pela fraqueza de ela ter se viciado em você, porque desse vício já fui vítima e sei que não há nada de grandioso em um homem provocar em nós o mesmo efeito de uma pedra de crack. Gostei dela porque exibia um bom humor que certamente você não a estimulava a extravasar, e tinha um bom gosto que posso apostar que você não compartilhava, e era mais autossuficiente do que você pudesse suportar, e mais refinada até mesmo do que eu, veja como sou imodesta e modesta ao mesmo tempo, e pensei: pobre garota. Teve a sorte e o azar de engravidar de um homem das cavernas. Era sua para sempre, mas nunca mais seria dela mesma.

Resolvi que jamais a veria de novo porque ela me fazia lembrar do penhasco em que quase caí. Ela era o amanhã que eu havia abortado, o que eu teria sido, se tivesse tido a coragem de me desconstruir, se fosse uma criatura boba como talvez ela fosse. Mas não demorou para eu perceber que ela não era boba, apenas uma mulher sem resistência e sem medo. De que ser resistente me adiantou na vida?

*

Menos de dez dias depois ela voltou a me ligar dizendo que nossa conversa no shopping havia mexido demais com ela e que eu não a considerasse abusada, mas ela adoraria repetir o encontro.

Nem hesitei.

Marcamos num café bem pertinho do centro da cidade, a poucas quadras do escritório de advocacia em que ela trabalhava. Ao contrário da primeira vez, ela estava vestida com mais sobriedade, ainda precisava atender um cliente no início da noite, e eu a achei sexy com o duplo colar de pérolas que trazia ao pescoço. Fiquei imaginando como você lidaria com essas reuniões que o ofício de advogada exigia. Desisti de imaginar e perguntei. Saber sempre é mais divertido do que supor.

Ouvi histórias que, quando aconteceram comigo, me pareciam profundamente indigestas, e não apenas agridoces, como ela as temperava. Fazia mais de quarenta minutos que estávamos conversando sobre o ciúme doentio que a sua insegurança despertava, e me dei conta de que eu nunca havia falado abertamente sobre você com ninguém. Discrição sempre foi um dos meus cartões de visita. O fato de estar trocando confidências justamente com a mulher que me roubou o homem, me roubou o sono e me roubou a confiança no amor, me fez sentir bem pouco nobre, como se eu estivesse atravessando a fronteira para o lado mais futriqueiro da vida, mas não foi possível evitar. O café em que estávamos era um lugar distinto, com muitos móveis de mogno e iluminado por pequenos abajures, mas era como se estivéssemos cada uma em sua própria janela dos fundos, pendurando as roupas num varal, as lavadeiras do conjunto habitacional mais chinfrim do subúrbio. Detonamos com vossa majestade. E eu não tinha dúvida nenhuma que, ao detoná-lo, estávamos lhe rendendo a maior das homenagens. Duas mulheres girando em torno do mesmo eixo, comparando as cenas de desvario que você nos proporcionou, tudo com o propósito de descobrir, secretamente, a quem você amava mais. Duas mulheres criando em dupla um personagem factível, alguém que fosse tão imperfeito quanto você, porém mais bem-acabado, para poder ser compreendido.

Reparei que ela se sentia tão distante de você quanto eu, mesmo que dali a algumas horas estivesse deitada a seu lado na cama. Eu procurava manter esse pensamento afastado: ela tomou café da manhã com ele hoje, talvez eles tenham transado antes de sair para trabalhar, é para ela que ele telefonará logo mais, com ela passará o próximo final de semana. Juro, me impedi de pensar nisso. Não podia. Estragaria tudo.

*

Aconteceu que continuamos a nos encontrar a cada dez ou quinze dias. Era uma amizade perversa: dedicávamos alguns minutos para comentar um filme ou um acontecimento noticiado no jornal, e dali a pouco você entrava no assunto e a partir de então era como se estivéssemos numa sessão de análise, só que ambas eram pacientes – não havia quem nos tratasse.

Até hoje me pergunto se eu queria, através dela, esquecer você ou manter você por perto através de uma via insuspeitada. A resposta parece clara, mas talvez eu quisesse uma confirmação de que você nunca mais seria meu. Será que em algum momento um amor deixa de ser nosso, mesmo tendo acabado para sempre?

Eu não havia contado pra ninguém sobre essa minha nova amiga porque tinha noção do quanto tudo pareceria inexplicável aos olhos dos outros – era inexplicável para mim também. Sempre que nos despedíamos, eu pensava: foi a última vez. Eu reconhecia que era doentio ouvi-la se queixando de você, parecia que eu estava tentando extrair desses encontros alguma coisa que me confortasse, mas a verdade é que já estava confortada, então precisava admitir que estava ali apenas por voyeurismo. Nós duas pensávamos estar lucrando com essas conversas, mas nenhuma das duas sabia contabilizar esse lucro.

Estava na cara que iríamos perder, ambas. Estar com ela era uma maneira de tentar confrontar as razões que fizeram duas mulheres diferentes se interessarem pelo mesmo homem. As razões, as razões. Eu seguia em busca de algo que iluminasse o lado obscuro do meu amor por você: por que logo você? Se eu tantas vezes te neguei o título de "homem da minha vida" pelos motivos mais variados, se por sua causa tantas vezes me senti menor do que eu media de fato, se afinidade era algo que jamais nos uniu, por que você seguia sendo, contrariando todas as apostas e à revelia do que eu evitasse afirmar para mim mesma, o homem mais importante da minha vida? Eu tinha dificuldade de admitir a imponência do desejo, a primazia da fatalidade sobre o pensamento organizado. Eu jamais encontraria as tais razões porque, caso elas existissem, estariam a séculos de distância de onde eu estava – estariam num passado tão remoto que já nem era passado só meu, mas dos que viveram antes de mim. Eu vinha de uma linhagem de mulheres que não se julgavam capazes de ser mais do que donas de casa. Eu vinha de uma infância que contradizia todo o meu ardor: me educaram para ser passiva e agradecida, logo eu, um bicho esfomeado. Sexo sempre foi minha principal fome. E foi uma decepção quando descobri, ainda na infância, que pensar assim era vulgar. Eu teria que me adaptar a um padrão mais consciencioso, teria que priorizar minhas escolhas focando apenas nos benefícios que me trariam. Mais ou menos como se faz ao pegar um produto no supermercado e consultar pela etiqueta se ele contém glúten, qual o valor calórico, a inclusão de ingredientes artificiais. No entanto, incorporei você na minha dieta sem me importar com o veneno que você continha.

*

Ela, por sua vez, se apaixonou pela ideia de casar com um homem disponível, bonito e disposto a ter um filho, e confessou que já no segundo encontro parou de se prevenir contra uma possível gravidez. Bajulou você, adulou, mimou, se transformou numa mulher essencialmente cor-de-rosa, pastel, um docinho, e eu franzi os olhos quando ela me contou isso, como se não estivesse escutando bem. Ela riu e disse que sabia que era cafona, mas que todas as manifestações de docilidade a faziam se sentir mais feminina.

Ela não podia ser mais feminina. Coisa que eu também era, mas sem fanatismo.

Vocês se agarraram um ao outro como à última boia do *Titanic*. Ela me contava isso com muita suavidade, sem que isso soasse como uma estratégia. Disse mais: que desde o início você foi sincero ao afirmar que era provável que nunca mais amasse profundamente alguém, mas como ela era uma companhia agradável, terna e lhe transmitia segurança, iria tentar, e isso bastou para que ela parasse de procurar um marido. Havia encontrado. Fez por você o que eu não fiz: te aceitou desde o primeiro instante. Ambos tinham o mesmo projeto de vida e possuíam atributos compatíveis para abrir uma sociedade permanente. Estavam diante da realização afetiva.

Certo dia, que já nem era dia, mas noite, você telefonou para o celular dela bem na hora em que nós duas estávamos jantando. Já havia acontecido três outras vezes, e em todas, ela teve a delicadeza de interromper a chamada. Seria constrangedor ouvi-la te tratar por apelidos carinhosos, que talvez fossem até os mesmos que usávamos entre nós. Nas três primeiras vezes em que você ligou, comemorei internamente o fato de sua mulher ser elegante. Mas desligar uma quarta vez poderia causar desconfiança, e ela resolveu atender.

Quando ela disse "Oi, amor", me levantei para que ela conversasse com você à vontade – e para que eu tivesse tempo de chegar ao banheiro para vomitar, porque o mal-estar que senti não foi ameno. Mas ela me segurou pelo braço e disse sem voz, só com os lábios: "Fique". Voltei a sentar e me senti minúscula como um ácaro. E foi então que a vi mentir de uma forma amadora, infantil. Inventou uma desculpa inacreditável, disse que estava com uma amiga que você não conhecia e que não podia dizer o nome porque ela (eu!) estava com problemas com a lei. De onde ela tirou esse enredo de filme mexicano? E na hora de dizer em que lugar estava, inventou de forma desastrosa um nome de um bar que, se existisse mesmo com esse nome – qualquer coisa parecida com Excrementos –, já teria sido fechado pela vigilância sanitária. Em que rua era esse lugar? Ela não lembrava. "Pergunte pra sua amiga", você deve ter dito. Ela respondeu que a amiga também não sabia. Uma fugitiva da polícia nunca sabe direito onde está, fazia sentido.

Tudo isso aos gaguejos. Como se a criminosa fosse ela.

Depois ela me contou que ao chegar em casa, não encontrou você. Que você não voltou para dormir. Que no dia seguinte deixou o celular desligado. E que quando ela estava trocando a raiva por preocupação, você reapareceu sarcástico, com a barba por fazer, dizendo que havia passado a noite com uma amiga que também não tinha as melhores relações com a legalidade. Isso não me surpreendeu, e lembrei a sorte que eu tinha de não estar no lugar dela.

*

Ela continuou a se encontrar comigo escondido e eu pensava na ironia de estar sendo o pivô da crise conjugal de vocês dois. Propus várias vezes que parássemos com esses drinques de final de tarde e que nos comunicássemos por e-mail ou telefone, mas ela dizia que com nenhuma outra pessoa se sentia tão à vontade para conversar sobre você, que as amigas dela desaprovavam abertamente esse casamento e que até a família de ambos não soltava foguetes com o enlace, mesmo havendo um neto no meio. Eu já estava me sentindo mal com a situação, você voltou a ligar para ela num dia em que eu estava já pegando as chaves do carro para ir embora, e vi que ela desligou de novo sem atender. Alertei que ela não deveria provocar seu ciúme. Ela, com aquele jeitinho meigo que você bem conhece, alegou não saber mentir e que preferia assim, que se entenderia com você em casa, mas eu sabia o quanto a relação de vocês começaria a se fragilizar, já que vossa majestade deveria estar fazendo misérias para dar o troco.

Pouco depois desse episódio, ela me telefonou querendo combinar um encontro, e eu inventei um cansaço mortal, neguei. Dias depois, ela ligou de novo, e eu menti que tinha uma viagem marcada para a manhã seguinte e que ficaria fora uns dias. Ela esperou eu "voltar" e ligou mais adiante, demonstrando uma dependência que começou a me embaraçar. Passei a gostar dela, porém não tinha mais vontade de falar sobre você. Ela era um ótimo papo quando discorríamos sobre qualquer outro tema, eu me distraía ouvindo-a contar sobre os processos, os clientes, a paixão pela advocacia, ou suas opiniões sobre música, cinema, mas quando o assunto era você, já não havia mais interesse de minha parte, não sentia prazer em escutar as queixas dela, não me sentia vitoriosa, não sentia mais nada. Fui descobrindo que os grandes amores sucumbem por falência múltipla dos órgãos, nunca através de uma tentativa pueril de amar de novo, e menos ainda por vingança. Mas ela insistiu tanto que eu topei me encontrar com ela outra vez, mas agora seria para abrir o jogo, dizer que começava a me sentir incomodada. Ridículo: parecia que eu iria romper um namoro. Só me faltaria voltar para casa aos prantos.

A conversa revelou-se mais agradável do que de costume, ela estava inspirada naquele entardecer, e seu nome não foi mencionado nem brandamente. Eu já conseguia imaginar a continuidade daquela amizade, bastava que a gente mantivesse você fora de pauta, mas eu não previ o que iria me acontecer dali a meio segundo, quando meu celular tocou. Reconheci seu número.

*

Impossível descrever meu desconforto. Eu não tinha tempo hábil para decidir o que fazer. Desligo? Atendo? Conto pra ela? Fosse qual fosse a decisão que eu tomasse, agiria como uma cascavel. Resolvi ser uma cascavel sincera. Falei: é o teu marido. Ela respondeu serenamente: atende.

Alô.

Eu escutava pela última vez o som da voz do meu James Bond, do meu Barba Azul, do meu Casanova, do meu Nosferatu. Lânguido feito uma serpente, você gozava pela boca, armava o bote sem saber que eu estava na presença de sua mulher. Dizia que sentia saudades, que queria me ver. Saudades? Você queria era uma revanche. Queria que eu fosse sua amante, vingando-se do caso que imaginava que ela estava vivendo, um affaire que não existia: era eu que tirava sua esposinha de casa, que ocupava as horas livres da mãe do seu filho. Você não podia imaginar que estava sendo presumidamente traído por uma mulher, e logo a ex-mulher da sua vida. Eu, um tumor incurável. Você, minha bala nunca extraída.

Respondi que não, que não iria ao lugar para o qual você me convidava. E pedi que não me ligasse de novo. Você perguntou se eu estava comprometida com alguém. Respondi que sim. A única mentira que contei pra você em toda a minha vida, e nem sei se era mentira. Ali eu estava me comprometendo eternamente comigo, pra fugir em definitivo das suas emboscadas.

Desliguei e olhei bem no fundo dos olhos da sua mulher, sem pronunciar palavra. Sabia com exatidão o que ela pensava e o que ela sentia, e fui solidária no silêncio, mas não a privei de falar a frase que decretaria o epílogo dessa história. Acabou entre nós, ela disse. Perguntei: nós quem? Ela respondeu: nós todos.

*

Tic, tac. Meu rosto está murchando. Um dia serei uma velha bem seca com cara de malvada, mas por enquanto ainda estou sintonizada com a menina inocente dos retratos do colégio, que não acreditava que os sentimentos precisassem de tantas conexões para serem explicados. Casamento era pra mim um ritual de aceitação, um gostar-se tornado público. Minha família adorava usar uma expressão para justificar a pompa matrimonial na igreja e no salão de festas: "Casar é uma satisfação para a sociedade". Por mim, usaria esse termo pela metade, diria apenas: "É uma satisfação".

Não consigo imaginar nada mais satisfatório do que amar, e mesmo não sabendo o que o amor significa, sei o que representa. É o que nos faz, no meio de uma multidão, destacar alguém que se torna essencial para nosso bem-estar, e o nosso para o dele. É receber uma atenção exclusiva e ofertá-la na mesma medida. Ter uma intimidade milagrosa com a alma de alguém, com o corpo de alguém, e abrir-se para essa mesma pessoa de um jeito que não se conseguiria jamais abrir para si mesmo, porque só o outro é que tem a chave desse cofre. O amor é uma subversão, e seu vigor nunca será encontrado em amizades ou parentescos. Todas as palavras já foram usadas para defini-lo: magia, surpresa, visceralidade, entrega, completude, requinte, deslumbre, sorte, conforto, poesia, aposta, amasso, gozo.

Amar prescinde de entendimento. Por isso não sei amar, porque sou viciada em entender.

*

Fugi de você, naquela época em que ainda éramos um casal, porque percebi que nossos beijos haviam virado respiração boca a boca, uma tentativa de sobrevivência quando já era tarde demais. Tudo que é improdutivo se torna esgotante, e minha fonte de energia secou, eu não tinha mais por onde trilhar um caminho ao seu lado, havia obstáculos demais para alguém que, como eu, sempre preferiu tomar impulso e ir em frente mantendo o ritmo. Nunca gostei de pausas, nunca gostei de intervalos no meio de peças de teatro, nunca gostei nem mesmo de parar na estrada para ir ao banheiro e tomar uma água, queria sempre seguir em frente, a constância para mim era sinônimo de paz, uma paz sem perder o pique, sem perder velocidade, uma paz dinâmica, diferente da paz dos cemitérios, da paz da solidão. Mas estando com você eu teria que me acostumar a um amor interrompido a cada dez quilômetros rodados. Isso não era pra mim. Não sou mulher de ter que recuar toda hora para o acostamento e manter uma viagem atravancada para lugar nenhum, tudo pela vaidade de, em troca, dizer ao mundo: "Vejam só, eu tenho alguém!". O que eu tinha era um fiasco: eu te amava e era amada por você e me sentia completamente desacompanhada. "Vejam como estou só" seria uma afirmação mais realista.

Entretanto, quando alcancei o nirvana de um relacionamento estável com aquele meu parceiro de caminhadas, foi bom, lembro como era tranquilo estar com o homem pós-você, o cara que já vinha com a aprovação do senso comum, que nunca me aborrecia, que nunca me fez ter crises convulsivas de choro, a ponto de eu me perguntar: será que gastei meu crédito de sofrimento e a partir de agora estarei insensível para todo o resto?

Eu não me incomodava com ele, não me incomodava comigo, não me incomodava com nada. Pode rir de mim: às vezes eu sentia falta do seu talento para me atordoar. Mas não ria tanto assim porque sei também que a gente sempre sente falta do que nos livramos com dificuldade.

Passei a ocupar meus dias pensando sobre o que, afinal, é isso que todo mundo enche a boca para chamar de amor, como se fosse algo simplificado: defina em meia dúzia de frases, é fácil, querida.

É fácil? Pois a querida não entende como uma palavrinha simples formada por apenas duas vogais e duas consoantes pode absorver um universo de sensações contraditórias, diabólicas, insensatas, incandescentes e intraduzíveis. O que é amor? Já tentei explicar a mim mesma e, por mais que tente, jamais conseguirei atingir a essência dessa anarquia que dispensa palavras.

*

Esperei passar três semanas e ela não me telefonou. Havia uma compreensão silenciosa de que tínhamos ido longe demais, porém não me contive e liguei eu. Ela me atendeu com uma voz educada, sem revelar simpatia ou antipatia. Durante o telefonema, pensei que ela facilitaria as coisas e me contaria de boa vontade o que aconteceu entre vocês depois daquela situação inconveniente pela qual passamos, mas ela não tocou no assunto, só dizia que estava tudo bem, aquele tudo bem que deixa a gente sem saber se tudo bem significa tudo igual.

Perguntei pelo menino de vocês, perguntei pelo trabalho no escritório de advocacia, perguntei se ela havia trocado a saia cor de laranja que comprou e que não conseguia usar por achá-la extravagante demais e perguntei, como se fosse natural, se vocês haviam se acertado, e ela confirmou: tudo igual.

É uma mania besta que eu tenho de caçar confirmações. Pra que, se eu já sabia?

Falei um pouco de mim, contei as trivialidades de sempre, mesmo reconhecendo que era um tema pelo qual ela não estava demonstrando o menor interesse, e encerramos com o fatídico "a gente se fala", sabendo que levaria umas cinco décadas até ouvirmos a voz uma da outra de novo. Eu tinha certeza de que ela estava arrependida daquela aproximação desesperada que havia provocado entre nós duas, e eu arrependida de ter me deixado levar por uma curiosidade mórbida, e a palavra mórbida aqui se presta, porque depois de um fim de amor tão arrastado, um fim que custou a acabar, fui desalojada da minha própria ilusão. Acabara o choque da morte súbita, agora eu vivia a morte lenta com a qual todos se acostumam. Não havia mais o que prantear, nem sobra de qualquer grandiloquência, não havia mais a dor licenciosa, nem o orgulho de me supor vitalícia em sua vida, nem crença mais nisso, não havia mais romance, fosse trágico ou cômico, não havia traição nem esperança, mais nenhum espaço para especulação, nem motivo para recordações. O ontem e o anteontem empalideceram, se transformaram num acontecimento episódico, viraram apenas alguns capítulos da nossa história: ninguém mais amava ninguém.

Hoje você tem um segundo filho a caminho e cansou de brigar contra o mundo: soube que está se tratando daquele distúrbio psíquico que nunca lhe permitiu que fosse o homem sereno que merecia ser, e espero sinceramente que esteja descansando de suas neuroses e aproveitando com mais desembaraço as oportunidades de convivência que surgem – elas sempre surgem. Não imagino você deitado numa rede por mais de quinze minutos e suponho que ainda se exalte por bobagens, mas quem seria você se lhe roubassem o vigor, a impaciência e o sentido de alerta? Tenho certeza de que você não deixará que ninguém lhe descaracterize, não há remédio milagroso que lhe torne apático, mas aceite a ajuda possível, experimente um olhar cordial para o que lhe cerca, aprenda a lidar com os imprevistos e confie: nunca houve conspiração alguma, você é que perseguia a si mesmo.

*

Quanto a mim, reconheço que estive doente também: onipotência é uma enfermidade grave. Mas começo a recuperar a lucidez perdida, se considerarmos que lucidez nada mais é que interromper a busca pela compreensão absoluta de tudo o que nos cerca e aceitar que a vida não vem com manual de instruções. Fácil não tem sido, mas consigo, finalmente, me libertar de certas crendices. Já admito que não é necessário estar apaixonada em todas as etapas da vida, desde os 14 até os 99 anos. Paixão é a força motora que justifica nossa existência, mas a perseguição desenfreada por esse privilégio nos torna dementes, viramos parasitas de uma obsessão. Quem garante que essa ansiedade não foi produzida em laboratório por algum cientista muito cínico? Claro que é excelente ter com quem compartilhar nosso erotismo, desejos, gargalhadas, mas não é preciso se sentir incompleta na falta desse alguém.

Preciso que saiba: nunca deixarei de pensar em você, porque você foi o amor menos elaborado que tive, menos politicamente correto, menos "o cara certo na hora certa", menos criado no cativeiro da idealização, e essa impossibilidade de intelectualizar o que senti me faz pensar que talvez eu não estivesse enganada sobre aquela ideia romântica de que só se ama assim uma vez.

Mas os impactos se sucedem, e devido a tudo que passamos, hoje sou uma mulher menos assustada com a dinâmica incontrolável dos vínculos afetivos. Não estou só. Não me pergunte se estou feliz, apenas me ouça: não estou só. Novamente me encontro numa relação sem alicerces. Como explicar quem é ele? Se cruzassem nossos perfis num site de relacionamentos, haveria um curto-circuito parecido com o que nós dois, eu e você, já provocamos. Quem diria que a cdf da escola, que sempre passava por média, iria se tornar repetente em uma matéria clássica como o amor impossível. Encarei você como uma exceção no meu currículo, sem cogitar a hipótese de que a compatibilidade amorosa é que talvez seja a verdadeira *avis rara* das uniões. Estou apaixonada por um junkie. Um homem com total domínio de suas responsabilidades profissionais, que tem o respeito dos amigos, uma rotina saudável de esportista, que não fuma e bebe pouco, mas que não abre mão de algumas alucinações programadas, um homem que tem com a droga uma relação amistosa, sem medo. Poderia parecer um detalhe charmoso se fosse um filme, um livro, mas é a vida dele, e agora a minha.

Bastaria rejeitá-lo, bastaria deixar de atender seus telefonemas, manifestar desinteresse, porém não é tão simples. Estou tudo, menos desinteressada. Fui, mais uma vez, resgatada do marasmo, recolocada em movimento, de novo desafiada. Minha experiência e maturidade me assopram: fuja. Meu corpo não me ouve, fica.

Hoje dispenso as regras amorosas estabelecidas, começo a achar ridículo ter que seguir os dez mandamentos para merecer uma paixão que não nos envergonhe aos olhos da sociedade. E creio que é justamente essa consciência do ridículo que está resgatando minha porção criança, aquela criança que só queria saber de satisfação imediata, sem espaço para o cultivo de paranoias e sem brigar inutilmente contra as dificuldades que se apresentam a qualquer um que tenha nascido. Decidi que não quero mais entender, não quero mais encenar, não quero mais que me expliquem essa bagunça, já não preciso ser conduzida a nenhuma espécie de iluminação. Atravessei paredes, conforme o bruxo previu. Estou do lado de fora.

O que tenho, nesse instante, é um sabor inédito de beijo, um novo número de celular para adicionar na minha agenda, uma cor de olhos que não sei definir com precisão, um corpo que se encaixa no meu e uma conversa que me mantém fascinada. Em contrapartida, é como se houvesse um fio de alta tensão bem perto dos meus pés molhados. Ele é um homem que flerta perigosamente com a irrealidade, que se sente atraído pelos seus instrumentos de fuga e não pretende mudar. Tem o desplante de não concordar comigo com a autoridade de quem não concorda com ninguém e com lei alguma, o que é suficiente para eu querer esganá-lo, odiá--lo e não conseguir pensar em viver longe dele, eu que já havia desistido de me programar para qualquer tipo de eternidade. Não é um novo você, mas estou tendo o privilégio, a essa altura da vida, de ser diferente de mim outra vez. Isso me tonteia, mas agora me dou conta de que não há outra maneira de me sentir viva, ao menos viva como preciso: escancaradamente.

Não resistirei. Sei que está tudo errado e que o sofrimento me alcançará a cada minuto que eu perceber que estou sendo conivente com um hábito que me irrita, me agride, mas serei como uma plateia a que tudo assiste em silêncio e êxtase, com a respiração trancada. Não tenho mais forças para lutar contra o que se declara gigantesco em qualquer ser humano: a pulsão da entrega. Não será um relacionamento leve, um passeio, quase nenhuma relação é. Mas, com sorte, talvez eu consiga aceitar que no amor não existe moral da história, enfim.

Sobre a autora

Martha Medeiros nasceu em Porto Alegre, em 20 de agosto de 1961. Formou-se em Publicidade e Propaganda e trabalhou como redatora e diretora de criação em diversas agências. Estreou na literatura com o livro de poesia *Strip-tease* (Brasiliense, 1985). Seguiram-se os livros *Meia-noite e um quarto* (L&PM, 1987), *Persona non grata* (L&PM, 1991), *De cara lavada* (L&PM, 1995), cujos textos foram compilados em *Poesia reunida* (L&PM, 1998), entre outros. Em 1997, recebeu o Prêmio Açorianos por *Topless* (L&PM, crônicas). E em 2004, o Jabuti e o Açorianos por *Montanha-russa* (L&PM, crônicas).

É uma das mais importantes escritoras brasileiras, autora dos best-sellers *Simples assim* (2015), *A graça da coisa* (2013), *Feliz por nada* (2011), *Doidas e santas* (2008) e *Divã* (2002). Sua obra inclui ainda contos, romances, histórias infantis e crônicas de viagens. Em 2014, em comemoração aos vinte anos de carreira como cronista, reuniu os melhores textos em três volumes: *Felicidade crônica*, *Liberdade crônica* e *Paixão crônica*. É colunista dos jornais *Zero Hora* e *O Globo*, e seus textos já foram adaptados com sucesso para o teatro, cinema e televisão.

Coleção L&PM POCKET (Lançamentos mais recentes)

786. **A extravagância do morto** – Agatha Christie
787. (13).**Cézanne** – Bernard Fauconnier
788. **A identidade Bourne** – Robert Ludlum
789. **Da tranquilidade da alma** – Sêneca
790. **Um artista da fome** *seguido de* **Na colônia penal e outras histórias** – Kafka
791. **Histórias de fantasmas** – Charles Dickens
796. **O Uraguai** – Basílio da Gama
797. **A mão misteriosa** – Agatha Christie
798. **Testemunha ocular do crime** – Agatha Christie
799. **Crepúsculo dos ídolos** – Friedrich Nietzsche
802. **O grande golpe** – Dashiell Hammett
803. **Humor barra pesada** – Nani
804. **Vinho** – Jean-François Gautier
805. **Egito Antigo** – Sophie Desplancques
806. (14).**Baudelaire** – Jean-Baptiste Baronian
807. **Caminho da sabedoria, caminho da paz** – Dalai Lama e Felizitas von Schönborn
808. **Senhor e servo e outras histórias** – Tolstói
809. **Os cadernos de Malte Laurids Brigge** – Rilke
810. **Dilbert (5)** – Scott Adams
811. **Big Sur** – Jack Kerouac
812. **Seguindo a correnteza** – Agatha Christie
813. **O álibi** – Sandra Brown
814. **Montanha-russa** – Martha Medeiros
815. **Coisas da vida** – Martha Medeiros
816. **A cantada infalível** *seguido de* **A mulher do centroavante** – David Coimbra
819. **Snoopy: Pausa para a soneca (9)** – Charles Schulz
820. **De pernas pro ar** – Eduardo Galeano
821. **Tragédias gregas** – Pascal Thiercy
822. **Existencialismo** – Jacques Colette
823. **Nietzsche** – Jean Granier
824. **Amar ou depender?** – Walter Riso
825. **Darmapada: a doutrina budista em versos**
826. **J'Accuse...! – a verdade em marcha** – Zola
827. **Os crimes ABC** – Agatha Christie
828. **Um gato entre os pombos** – Agatha Christie
831. **Dicionário de teatro** – Luiz Paulo Vasconcellos
832. **Cartas extraviadas** – Martha Medeiros
833. **A longa viagem de prazer** – J. J. Morosoli
834. **Receitas fáceis** – J. A. Pinheiro Machado
835. (14).**Mais fatos & mitos** – Dr. Fernando Lucchese
836. (15).**Boa viagem!** – Dr. Fernando Lucchese
837. **Aline: Finalmente nua!!! (4)** – Adão Iturrusgarai
838. **Mônica tem uma novidade!** – Mauricio de Sousa
839. **Cebolinha em apuros!** – Mauricio de Sousa
840. **Sócios no crime** – Agatha Christie
841. **Bocas do tempo** – Eduardo Galeano
842. **Orgulho e preconceito** – Jane Austen
843. **Impressionismo** – Dominique Lobstein
844. **Escrita chinesa** – Viviane Alleton
845. **Paris: uma história** – Yvan Combeau
846. (15).**Van Gogh** – David Haziot
848. **Portal do destino** – Agatha Christie
849. **O futuro de uma ilusão** – Freud
850. **O mal-estar na cultura** – Freud
853. **Um crime adormecido** – Agatha Christie
854. **Satori em Paris** – Jack Kerouac
855. **Medo e delírio em Las Vegas** – Hunter Thompson
856. **Um negócio fracassado e outros contos de humor** – Tchékhov
857. **Mônica está de férias!** – Mauricio de Sousa
858. **De quem é esse coelho?** – Mauricio de Sousa
860. **O mistério Sittaford** – Agatha Christie
861. **Manhã transfigurada** – L. A. de Assis Brasil
862. **Alexandre, o Grande** – Pierre Briant
863. **Jesus** – Charles Perrot
864. **Islã** – Paul Balta
865. **Guerra da Secessão** – Farid Ameur
866. **Um rio que vem da Grécia** – Cláudio Moreno
868. **Assassinato na casa do pastor** – Agatha Christie
869. **Manual do líder** – Napoleão Bonaparte
870. (16).**Billie Holiday** – Sylvia Fol
871. **Bidu arrasando!** – Mauricio de Sousa
872. **Os Sousa: Desventuras em família** – Mauricio de Sousa
874. **E no final a morte** – Agatha Christie
875. **Guia prático do Português correto – vol. 4** – Cláudio Moreno
876. **Dilbert (6)** – Scott Adams
877. (17).**Leonardo da Vinci** – Sophie Chauveau
878. **Bella Toscana** – Frances Mayes
879. **A arte da ficção** – David Lodge
880. **Striptiras (4)** – Laerte
881. **Skrotinhos** – Angeli
882. **Depois do funeral** – Agatha Christie
883. **Radicci 7** – Iotti
884. **Walden** – H. D. Thoreau
885. **Lincoln** – Allen C. Guelzo
886. **Primeira Guerra Mundial** – Michael Howard
887. **A linha de sombra** – Joseph Conrad
888. **O amor é um cão dos diabos** – Bukowski
890. **Despertar: uma vida de Buda** – Jack Kerouac
891. (18).**Albert Einstein** – Laurent Seksik
892. **Hell's Angels** – Hunter Thompson
893. **Ausência na primavera** – Agatha Christie
894. **Dilbert (7)** – Scott Adams
895. **Ao sul de lugar nenhum** – Bukowski
896. **Maquiavel** – Quentin Skinner
897. **Sócrates** – C.C.W. Taylor
899. **O Natal de Poirot** – Agatha Christie
900. **As veias abertas da América Latina** – Eduardo Galeano
901. **Snoopy: Sempre alerta! (10)** – Charles Schulz
902. **Chico Bento: Plantando confusão** – Mauricio de Sousa
903. **Penadinho: Quem é morto sempre aparece** – Mauricio de Sousa
904. **A vida sexual da mulher feia** – Claudia Tajes
905. **100 segredos de liquidificador** – José Antonio Pinheiro Machado

906. **Sexo muito prazer 2** – Laura Meyer da Silva
907. **Os nascimentos** – Eduardo Galeano
908. **As caras e as máscaras** – Eduardo Galeano
909. **O século do vento** – Eduardo Galeano
910. **Poirot perde uma cliente** – Agatha Christie
911. **Cérebro** – Michael O'Shea
912. **O escaravelho de ouro e outras histórias** – Edgar Allan Poe
913. **Piadas para sempre (4)** – Visconde da Casa Verde
914. **100 receitas de massas light** – Helena Tonetto
915(19). **Oscar Wilde** – Daniel Salvatore Schiffer
916. **Uma breve história do mundo** – H. G. Wells
917. **A Casa do Penhasco** – Agatha Christie
919. **John M. Keynes** – Bernard Gazier
920(20). **Virginia Woolf** – Alexandra Lemasson
921. **Peter e Wendy** *seguido de* **Peter Pan em Kensington Gardens** – J. M. Barrie
922. **Aline: numas de colegial (5)** – Adão Iturrusgarai
923. **Uma dose mortal** – Agatha Christie
924. **Os trabalhos de Hércules** – Agatha Christie
926. **Kant** – Roger Scruton
927. **A inocência do Padre Brown** – G.K. Chesterton
928. **Casa Velha** – Machado de Assis
929. **Marcas de nascença** – Nancy Huston
930. **Aulete de bolso**
931. **Hora Zero** – Agatha Christie
932. **Morte na Mesopotâmia** – Agatha Christie
934. **Nem te conto, João** – Dalton Trevisan
935. **As aventuras de Huckleberry Finn** – Mark Twain
936(21). **Marilyn Monroe** – Anne Plantagenet
937. **China moderna** – Rana Mitter
938. **Dinossauros** – David Norman
939. **Louca por homem** – Claudia Tajes
940. **Amores de alto risco** – Walter Riso
941. **Jogo de damas** – David Coimbra
942. **Filha é filha** – Agatha Christie
943. **M ou N?** – Agatha Christie
945. **Bidu: diversão em dobro!** – Mauricio de Sousa
946. **Fogo** – Anaïs Nin
947. **Rum: diário de um jornalista bêbado** – Hunter Thompson
948. **Persuasão** – Jane Austen
949. **Lágrimas na chuva** – Sergio Faraco
950. **Mulheres** – Bukowski
951. **Um pressentimento funesto** – Agatha Christie
952. **Cartas na mesa** – Agatha Christie
954. **O lobo do mar** – Jack London
955. **Os gatos** – Patricia Highsmith
956(22). **Jesus** – Christiane Rancé
957. **História da medicina** – William Bynum
958. **O Morro dos Ventos Uivantes** – Emily Brontë
959. **A filosofia na era trágica dos gregos** – Nietzsche
960. **Os treze problemas** – Agatha Christie
961. **A massagista japonesa** – Moacyr Scliar
963. **Humor do miserê** – Nani
964. **Todo o mundo tem dúvida, inclusive você** – Édison de Oliveira
965. **A dama do Bar Nevada** – Sergio Faraco
969. **O psicopata americano** – Bret Easton Ellis
970. **Ensaios de amor** – Alain de Botton
971. **O grande Gatsby** – F. Scott Fitzgerald
972. **Por que não sou cristão** – Bertrand Russell
973. **A Casa Torta** – Agatha Christie
974. **Encontro com a morte** – Agatha Christie
975(23). **Rimbaud** – Jean-Baptiste Baronian
976. **Cartas na rua** – Bukowski
977. **Memória** – Jonathan K. Foster
978. **A abadia de Northanger** – Jane Austen
979. **As pernas de Úrsula** – Claudia Tajes
980. **Retrato inacabado** – Agatha Christie
981. **Solanin (1)** – Inio Asano
982. **Solanin (2)** – Inio Asano
983. **Aventuras de menino** – Mitsuru Adachi
984(16). **Fatos & mitos sobre sua alimentação** – Dr. Fernando Lucchese
985. **Teoria quântica** – John Polkinghorne
986. **O eterno marido** – Fiódor Dostoiévski
987. **Um safado em Dublin** – J. P. Donleavy
988. **Mirinha** – Dalton Trevisan
989. **Akhenaton e Nefertiti** – Carmen Seganfredo e A. S. Franchini
990. **On the Road – o manuscrito original** – Jack Kerouac
991. **Relatividade** – Russell Stannard
992. **Abaixo de zero** – Bret Easton Ellis
993(24). **Andy Warhol** – Mériam Korichi
995. **Os últimos casos de Miss Marple** – Agatha Christie
996. **Nico Demo: Aí vem encrenca** – Mauricio de Sousa
998. **Rousseau** – Robert Wokler
999. **Noite sem fim** – Agatha Christie
1000. **Diários de Andy Warhol (1)** – Editado por Pat Hackett
1001. **Diários de Andy Warhol (2)** – Editado por Pat Hackett
1002. **Cartier-Bresson: o olhar do século** – Pierre Assouline
1003. **As melhores histórias da mitologia: vol. 1** – A.S. Franchini e Carmen Seganfredo
1004. **As melhores histórias da mitologia: vol. 2** – A.S. Franchini e Carmen Seganfredo
1005. **Assassinato no beco** – Agatha Christie
1006. **Convite para um homicídio** – Agatha Christie
1008. **História da vida** – Michael J. Benton
1009. **Jung** – Anthony Stevens
1010. **Arsène Lupin, ladrão de casaca** – Maurice Leblanc
1011. **Dublinenses** – James Joyce
1012. **120 tirinhas da Turma da Mônica** – Mauricio de Sousa
1013. **Antologia poética** – Fernando Pessoa
1014. **A aventura de um cliente ilustre** *seguido de* **O último adeus de Sherlock Holmes** – Sir Arthur Conan Doyle
1015. **Cenas de Nova York** – Jack Kerouac
1016. **A corista** – Anton Tchékhov

1017. **O diabo** – Leon Tolstói
1018. **Fábulas chinesas** – Sérgio Capparelli e Márcia Schmaltz
1019. **O gato do Brasil** – Sir Arthur Conan Doyle
1020. **Missa do Galo** – Machado de Assis
1021. **O mistério de Marie Rogêt** – Edgar Allan Poe
1022. **A mulher mais linda da cidade** – Bukowski
1023. **O retrato** – Nicolai Gogol
1024. **O conflito** – Agatha Christie
1025. **Os primeiros casos de Poirot** – Agatha Christie
1027(25). **Beethoven** – Bernard Fauconnier
1028. **Platão** – Julia Annas
1029. **Cleo e Daniel** – Roberto Freire
1030. **Til** – José de Alencar
1031. **Viagens na minha terra** – Almeida Garrett
1032. **Profissões para mulheres e outros artigos feministas** – Virginia Woolf
1033. **Mrs. Dalloway** – Virginia Woolf
1034. **O cão da morte** – Agatha Christie
1035. **Tragédia em três atos** – Agatha Christie
1037. **O fantasma da Ópera** – Gaston Leroux
1038. **Evolução** – Brian e Deborah Charlesworth
1039. **Medida por medida** – Shakespeare
1040. **Razão e sentimento** – Jane Austen
1041. **A obra-prima ignorada** *seguido de* **Um episódio durante o Terror** – Balzac
1042. **A fugitiva** – Anaïs Nin
1043. **As grandes histórias da mitologia greco-romana** – A. S. Franchini
1044. **O corno de si mesmo & outras historietas** – Marquês de Sade
1045. **Da felicidade** *seguido de* **Da vida retirada** – Sêneca
1046. **O horror em Red Hook e outras histórias** – H. P. Lovecraft
1047. **Noite em claro** – Martha Medeiros
1048. **Poemas clássicos chineses** – Li Bai, Du Fu e Wang Wei
1049. **A terceira moça** – Agatha Christie
1050. **Um destino ignorado** – Agatha Christie
1051(26). **Buda** – Sophie Royer
1052. **Guerra Fria** – Robert J. McMahon
1053. **Simons's Cat: as aventuras de um gato travesso e comilão – vol. 1** – Simon Tofield
1054. **Simons's Cat: as aventuras de um gato travesso e comilão – vol. 2** – Simon Tofield
1055. **Só as mulheres e as baratas sobreviverão** – Claudia Tajes
1057. **Pré-história** – Chris Gosden
1058. **Pintou sujeira!** – Mauricio de Sousa
1059. **Contos de Mamãe Gansa** – Charles Perrault
1060. **A interpretação dos sonhos: vol. 1** – Freud
1061. **A interpretação dos sonhos: vol. 2** – Freud
1062. **Frufru Rataplã Dolores** – Dalton Trevisan
1063. **As melhores histórias da mitologia egípcia** – Carmem Seganfredo e A.S. Franchini
1064. **Infância. Adolescência. Juventude** – Tolstói
1065. **As consolações da filosofia** – Alain de Botton
1066. **Diários de Jack Kerouac – 1947-1954**
1067. **Revolução Francesa – vol. 1** – Max Gallo
1068. **Revolução Francesa – vol. 2** – Max Gallo
1069. **O detetive Parker Pyne** – Agatha Christie
1070. **Memórias do esquecimento** – Flávio Tavares
1071. **Drogas** – Leslie Iversen
1072. **Manual de ecologia (vol.2)** – J. Lutzenberger
1073. **Como andar no labirinto** – Affonso Romano de Sant'Anna
1074. **A orquídea e o serial killer** – Juremir Machado da Silva
1075. **Amor nos tempos de fúria** – Lawrence Ferlinghetti
1076. **A aventura do pudim de Natal** – Agatha Christie
1078. **Amores que matam** – Patricia Faur
1079. **Histórias de pescador** – Mauricio de Sousa
1080. **Pedaços de um caderno manchado de vinho** – Bukowski
1081. **A ferro e fogo: tempo de solidão (vol.1)** – Josué Guimarães
1082. **A ferro e fogo: tempo de guerra (vol.2)** – Josué Guimarães
1084(17). **Desembarcando o Alzheimer** – Dr. Fernando Lucchese e Dra. Ana Hartmann
1085. **A maldição do espelho** – Agatha Christie
1086. **Uma breve história da filosofia** – Nigel Warburton
1088. **Heróis da História** – Will Durant
1089. **Concerto campestre** – L. A. de Assis Brasil
1090. **Morte nas nuvens** – Agatha Christie
1092. **Aventura em Bagdá** – Agatha Christie
1093. **O cavalo amarelo** – Agatha Christie
1094. **O método de interpretação dos sonhos** – Freud
1095. **Sonetos de amor e desamor** – Vários
1096. **120 tirinhas do Dilbert** – Scott Adams
1097. **200 fábulas de Esopo**
1098. **O curioso caso de Benjamin Button** – F. Scott Fitzgerald
1099. **Piadas para sempre: uma antologia para morrer de rir** – Visconde da Casa Verde
1100. **Hamlet (Mangá)** – Shakespeare
1101. **A arte da guerra (Mangá)** – Sun Tzu
1104. **As melhores histórias da Bíblia (vol.1)** – A. S. Franchini e Carmen Seganfredo
1105. **As melhores histórias da Bíblia (vol.2)** – A. S. Franchini e Carmen Seganfredo
1106. **Psicologia das massas e análise do eu** – Freud
1107. **Guerra Civil Espanhola** – Helen Graham
1108. **A autoestrada do sul e outras histórias** – Julio Cortázar
1109. **O mistério dos sete relógios** – Agatha Christie
1110. **Peanuts: Ninguém gosta de mim... (amor)** – Charles Schulz
1111. **Cadê o bolo?** – Mauricio de Sousa
1112. **O filósofo ignorante** – Voltaire
1113. **Totem e tabu** – Freud
1114. **Filosofia pré-socrática** – Catherine Osborne
1115. **Desejo de status** – Alain de Botton
1118. **Passageiro para Frankfurt** – Agatha Christie
1120. **Kill All Enemies** – Melvin Burgess

1121. **A morte da sra. McGinty** – Agatha Christie
1122. **Revolução Russa** – S. A. Smith
1123. **Até você, Capitu?** – Dalton Trevisan
1124. **O grande Gatsby (Mangá)** – F. S. Fitzgerald
1125. **Assim falou Zaratustra (Mangá)** – Nietzsche
1126. **Peanuts: É para isso que servem os amigos (amizade)** – Charles Schulz
1127. (27).**Nietzsche** – Dorian Astor
1128. **Bidu: Hora do banho** – Mauricio de Sousa
1129. **O melhor do Macanudo Taurino** – Santiago
1130. **Radicci 30 anos** – Iotti
1131. **Show de sabores** – J.A. Pinheiro Machado
1132. **O prazer das palavras** – vol. 3 – Cláudio Moreno
1133. **Morte na praia** – Agatha Christie
1134. **O fardo** – Agatha Christie
1135. **Manifesto do Partido Comunista (Mangá)** – Marx & Engels
1136. **A metamorfose (Mangá)** – Franz Kafka
1137. **Por que você não se casou... ainda** – Tracy McMillan
1138. **Textos autobiográficos** – Bukowski
1139. **A importância de ser prudente** – Oscar Wilde
1140. **Sobre a vontade na natureza** – Arthur Schopenhauer
1141. **Dilbert (8)** – Scott Adams
1142. **Entre dois amores** – Agatha Christie
1143. **Cipreste triste** – Agatha Christie
1144. **Alguém viu uma assombração?** – Mauricio de Sousa
1145. **Mandela** – Elleke Boehmer
1146. **Retrato do artista quando jovem** – James Joyce
1147. **Zadig ou o destino** – Voltaire
1148. **O contrato social (Mangá)** – J.-J. Rousseau
1149. **Garfield fenomenal** – Jim Davis
1150. **A queda da América** – Allen Ginsberg
1151. **Música na noite & outros ensaios** – Aldous Huxley
1152. **Poesias inéditas & Poemas dramáticos** – Fernando Pessoa
1153. **Peanuts: Felicidade é...** – Charles M. Schulz
1154. **Mate-me por favor** – Legs McNeil e Gillian McCain
1155. **Assassinato no Expresso Oriente** – Agatha Christie
1156. **Um punhado de centeio** – Agatha Christie
1157. **A interpretação dos sonhos (Mangá)** – Freud
1158. **Peanuts: Você não entende o sentido da vida** – Charles M. Schulz
1159. **A dinastia Rothschild** – Herbert R. Lottman
1160. **A Mansão Hollow** – Agatha Christie
1161. **Nas montanhas da loucura** – H.P. Lovecraft
1162. (28).**Napoleão Bonaparte** – Pascale Fautrier
1163. **Um corpo na biblioteca** – Agatha Christie
1164. **Inovação** – Mark Dodgson e David Gann
1165. **O que toda mulher deve saber sobre os homens: a afetividade masculina** – Walter Riso
1166. **O amor está no ar** – Mauricio de Sousa
1167. **Testemunha de acusação & outras histórias** – Agatha Christie
1168. **Etiqueta de bolso** – Celia Ribeiro
1169. **Poesia reunida (volume 3)** – Affonso Romano de Sant'Anna
1170. **Emma** – Jane Austen
1171. **Que seja em segredo** – Ana Miranda
1172. **Garfield sem apetite** – Jim Davis
1173. **Garfield: Foi mal...** – Jim Davis
1174. **Os irmãos Karamázov (Mangá)** – Dostoiévski
1175. **O Pequeno Príncipe** – Antoine de Saint-Exupéry
1176. **Peanuts: Ninguém mais tem o espírito aventureiro** – Charles M. Schulz
1177. **Assim falou Zaratustra** – Nietzsche
1178. **Morte no Nilo** – Agatha Christie
1179. **Ê, soneca boa** – Mauricio de Sousa
1180. **Garfield a todo o vapor** – Jim Davis
1181. **Em busca do tempo perdido (Mangá)** – Proust
1182. **Cai o pano: o último caso de Poirot** – Agatha Christie
1183. **Livro para colorir e relaxar** – Livro 1
1184. **Para colorir sem parar**
1185. **Os elefantes não esquecem** – Agatha Christie
1186. **Teoria da relatividade** – Albert Einstein
1187. **Compêndio da psicanálise** – Freud
1188. **Visões de Gerard** – Jack Kerouac
1189. **Fim de verão** – Mohiro Kitoh
1190. **Procurando diversão** – Mauricio de Sousa
1191. **E não sobrou nenhum e outras peças** – Agatha Christie
1192. **Ansiedade** – Daniel Freeman & Jason Freeman
1193. **Garfield: pausa para o almoço** – Jim Davis
1194. **Contos do dia e da noite** – Guy de Maupassant
1195. **O melhor de Hagar 7** – Dik Browne
1196. (29).**Lou Andreas-Salomé** – Dorian Astor
1197. (30).**Pasolini** – René de Ceccatty
1198. **O caso do Hotel Bertram** – Agatha Christie
1199. **Crônicas de motel** – Sam Shepard
1200. **Pequena filosofia da paz interior** – Catherine Rambert
1201. **Os sertões** – Euclides da Cunha
1202. **Treze à mesa** – Agatha Christie
1203. **Bíblia** – John Riches
1204. **Anjos** – David Albert Jones
1205. **As tirinhas do Guri de Uruguaiana 1** – Jair Kobe
1206. **Entre aspas (vol.1)** – Fernando Eichenberg
1207. **Escrita** – Andrew Robinson
1208. **O spleen de Paris: pequenos poemas em prosa** – Charles Baudelaire
1209. **Satíricon** – Petrônio
1210. **O avarento** – Molière
1211. **Queimando na água, afogando-se na chama** – Bukowski
1212. **Miscelânea septuagenária: contos e poemas** – Bukowski
1213. **Que filosofar é aprender a morrer e outros ensaios** – Montaigne
1214. **Da amizade e outros ensaios** – Montaigne

1215. **O medo à espreita e outras histórias** – H.P. Lovecraft
1216. **A obra de arte na era de sua reprodutibilidade técnica** – Walter Benjamin
1217. **Sobre a liberdade** – John Stuart Mill
1218. **O segredo de Chimneys** – Agatha Christie
1219. **Morte na rua Hickory** – Agatha Christie
1220. **Ulisses (Mangá)** – James Joyce
1221. **Ateísmo** – Julian Baggini
1222. **Os melhores contos de Katherine Mansfield** – Katherine Mansfied
1223(31). **Martin Luther King** – Alain Foix
1224. **Millôr Definitivo: uma antologia de** *A Bíblia do Caos* – Millôr Fernandes
1225. **O Clube das Terças-Feiras e outras histórias** – Agatha Christie
1226. **Por que sou tão sábio** – Nietzsche
1227. **Sobre a mentira** – Platão
1228. **Sobre a leitura** *seguido do* **Depoimento de Céleste Albaret** – Proust
1229. **O homem do terno marrom** – Agatha Christie
1230(32). **Jimi Hendrix** – Franck Médioni
1231. **Amor e amizade e outras histórias** – Jane Austen
1232. **Lady Susan, Os Watson e Sanditon** – Jane Austen
1233. **Uma breve história da ciência** – William Bynum
1234. **Macunaíma: o herói sem nenhum caráter** – Mário de Andrade
1235. **A máquina do tempo** – H.G. Wells
1236. **O homem invisível** – H.G. Wells
1237. **Os 36 estratagemas: manual secreto da arte da guerra** – Anônimo
1238. **A mina de ouro e outras histórias** – Agatha Christie
1239. **Pic** – Jack Kerouac
1240. **O habitante da escuridão e outros contos** – H.P. Lovecraft
1241. **O chamado de Cthulhu e outros contos** – H.P. Lovecraft
1242. **O melhor de Meu reino por um cavalo!** – Edição de Ivan Pinheiro Machado
1243. **A guerra dos mundos** – H.G. Wells
1244. **O caso da criada perfeita e outras histórias** – Agatha Christie
1245. **Morte por afogamento e outras histórias** – Agatha Christie
1246. **Assassinato no Comitê Central** – Manuel Vázquez Montalbán
1247. **O papai é pop** – Marcos Piangers
1248. **O papai é pop 2** – Marcos Piangers
1249. **A mamãe é rock** – Ana Cardoso
1250. **Paris boêmia** – Dan Franck
1251. **Paris libertária** – Dan Franck
1252. **Paris ocupada** – Dan Franck
1253. **Uma anedota infame** – Dostoiévski
1254. **O último dia de um condenado** – Victor Hugo
1255. **Nem só de caviar vive o homem** – J.M. Simmel
1256. **Amanhã é outro dia** – J.M. Simmel
1257. **Mulherzinhas** – Louisa May Alcott
1258. **Reforma Protestante** – Peter Marshall
1259. **História econômica global** – Robert C. Allen
1260(33). **Che Guevara** – Alain Foix
1261. **Câncer** – Nicholas James
1262. **Akhenaton** – Agatha Christie
1263. **Aforismos para a sabedoria de vida** – Arthur Schopenhauer
1264. **Uma história do mundo** – David Coimbra
1265. **Ame e não sofra** – Walter Riso
1266. **Desapegue-se!** – Walter Riso
1267. **Os Sousa: Uma família do barulho** – Mauricio de Sousa
1268. **Nico Demo: O rei da travessura** – Mauricio de Sousa
1269. **Testemunha de acusação e outras peças** – Agatha Christie
1270(34). **Dostoiévski** – Virgil Tanase
1271. **O melhor de Hagar 8** – Dik Browne
1272. **O melhor de Hagar 9** – Dik Browne
1273. **O melhor de Hagar 10** – Dik e Chris Browne
1274. **Considerações sobre o governo representativo** – John Stuart Mill
1275. **O homem Moisés e a religião monoteísta** – Freud
1276. **Inibição, sintoma e medo** – Freud
1277. **Além do princípio de prazer** – Freud
1278. **O direito de dizer não!** – Walter Riso
1279. **A arte de ser flexível** – Walter Riso
1280. **Casados e descasados** – August Strindberg
1281. **Da Terra à Lua** – Júlio Verne
1282. **Minhas galerias e meus pintores** – Kahnweiler
1283. **A arte do romance** – Virginia Woolf
1284. **Teatro completo v. 1: As aves da noite** *seguido de* **O visitante** – Hilda Hilst
1285. **Teatro completo v. 2: O verdugo** *seguido de* **A morte do patriarca** – Hilda Hilst
1286. **Teatro completo v. 3: O rato no muro** *seguido de* **Auto da barca de Camiri** – Hilda Hilst
1287. **Teatro completo v. 4: A empresa** *seguido de* **O novo sistema** – Hilda Hilst
1288. **Sapiens: Uma breve história da humanidade** – Yuval Noah Harari
1289. **Fora de mim** – Martha Medeiros
1290. **Divã** – Martha Medeiros
1291. **Sobre a genealogia da moral: um escrito polêmico** – Nietzsche
1292. **A consciência de Zeno** – Italo Svevo
1293. **Células-tronco** – Jonathan Slack
1294. **O fim do ciúme e outos contos** – Proust
1295. **A jangada** – Júlio Verne
1296. **A ilha do dr. Moreau** – H.G. Wells
1297. **Ninho de fidalgos** – Ivan Turguêniev

lepmeditores
www.lpm.com.br
o site que conta tudo

IMPRESSÃO:

PALLOTTI
GRÁFICA

Santa Maria - RS | Fone: (55) 3220.4500
www.graficapallotti.com.br